COLLECTION FOLIO

Nathalie Sarraute

Ouvrez

Gallimard

Nathalie Sarraute a obtenu le Prix international de littérature pour *Les fruits d'or.* Dès son premier livre, *Tropismes* (1939), elle était saluée par Sartre et Max Jacob. Elle est aujourd'hui connue dans le monde entier comme l'un des écrivains français les plus importants, auteur de *Portrait d'un inconnu, Marterau, L'ère du soupçon, Le planétarium, Entre la vie et la mort, Vous les entendez ?, « Disent les imbéciles », L'usage de la parole* et de pièces : *Le silence, Le mensonge, Isma, C'est beau, Elle est là, Pour un oui ou pour un non.*

Des mots, des êtres vivants parfaitement autonomes, sont les protagonistes de chacun de ces drames.

Dès que viennent des mots du dehors, une paroi est dressée. Seuls les mots capables de recevoir convenablement les visiteurs restent de ce côté. Tous les autres s'en vont et sont pour plus de sûreté enfermés derrière la paroi.

Mais la paroi est transparente et les exclus observent à travers elle.

Par moments, ce qu'ils voient leur donne envie d'intervenir, ils n'y tiennent plus, ils appellent... Ouvrez.

I

— Ça y est, la paroi est dressée...

— Et nous, comme de juste, repoussés de ce côté. Plus moyen de sortir.

— Forcément. Nous ne sommes pas sortables. Alors dès qu'il vient du monde...

— Ce n'est pas comme eux autres, de l'autre côté, eux au contraire, il faut qu'ils restent. Ils sont si sages, si bien disciplinés...

— Et adroits... On peut compter sur eux.

— Pas comme nous, des vrais chiens fous.

— Il n'y a plus qu'à patienter. Heureusement qu'on peut voir à travers. Ça fait passer le temps.

— Et il faut dire que ce qu'on voit, ça peut être par moments assez drôle...

— Oh, qu'est-ce que c'est ? On dirait un bruit de coups.

— Oui, comme des martèlements, de plus en plus forts... Vous devez bien voir d'où ils viennent. Vous vous êtes mis devant tout le monde.

— Dites-le-nous ou alors écartez-vous un peu, laissez-nous regarder...

— Oh ça alors... C'est une véritable invasion... tout à fait inopinée...

— Une invasion de quoi ?

— Attendez donc, vous empêchez de bien entendre... C'est ça, c'est des contrevérités. Pas un mot de vrai.

— Et ces mots-là, ça a une force...

— Eh oui, des produits fabriqués de toutes pièces, des modèles bien éprouvés... c'est toujours plus résistant. Difficile de les ébrécher ou de les fêler... c'est d'un dur...

— Quand on arrive à les faire tomber, ils se redressent, les voilà debout de nouveau comme si de rien n'était.

— C'est tout ce plomb qu'on leur a mis au fond... Ah, eux, ils sont bien lestés.

— Il en vient toujours plus... et ils cognent...

— Mais contre quoi ?

— C'est comme un mur de métal. C'est comme une paroi de blockhaus...

— C'est là devant eux, ils ne savent pas ce que c'est... Des mots devraient venir à leur rencontre, comme il se doit.

— Comme ça se fait partout. Pour les recevoir dignement, les entourer, qu'ils se sentent à l'aise.

— Ils pourraient même les combattre en tout bien tout honneur. Organiser des joutes, des tournois... c'est excitant.

— Mais là, rien ne vient. On perçoit seulement des sortes de mugissements étouffés... comme des gémissements...

— Alors ils cognent, ils s'acharnent... des coups de plus en plus forts, de plus en plus drus...

— Ils auront beau cogner, les mots qui devraient sortir sont bien enfermés... c'est une vraie forteresse.

— Une forteresse ? Quelle forteresse ? Vous savez, vous, ce que c'est ?

— Non...

— Eh bien moi je sais. J'en ai déjà vu. Ça s'appelle : « La parole donnée. »

— Les pauvres, un beau jour, ils s'y sont laissé prendre. S'ils avaient imaginé où ça pourrait les mener... La réclusion à vie. Des vœux perpétuels.

— Vous croyez que s'ils avaient su, ils auraient refusé ?

— Ça m'étonnerait. Personne n'y résiste... Un beau jour, on leur dit : « Je vais vous le confier, à vous. Mais vous me promettez, jamais un mot à personne... Vous me donnez votre parole ? — Bien sûr, voyons. » Et le tour est joué : ils sont pris dans « la parole donnée ».

— Oh regardez, on voit quelque chose... on distingue mal... c'est sorti de « la parole donnée », ça s'avance en rampant vers la paroi, vers nous... une forme tremblante...

— Un transfuge... Vous l'entendez ? Il frappe doucement... c'est un chuchotement... « Les contrevérités nous attaquent, elles cognent de toutes leurs forces... on n'en peut plus... venez à notre secours... sortez... je vais vous ouvrir... que de la vérité sorte... » Nous, on ne demande pas mieux... chez nous, les vérités, même celles qui sont le moins bonnes à dire circulent librement... et rien que de voir celle-là enfermée, comprimée comme ça... on commençait à se sentir incommodés...

— Seulement voilà, il a eu trop peur, il a juste entrouvert un peu et vite il a refermé, il a déguerpi à toute allure, il est retourné ni vu ni connu se remettre bien à l'abri dans « la parole donnée »..

— Mais quelque chose a réussi à s'échapper par la fente... « Pourtant » qui se tenait tout contre la sortie, trépignant comme toujours d'impatience... prêt à s'élancer... « Pourtant » a réussi à passer... « Pourtant » ? Toutes les contrevérités s'immobilisent, médusées...

— Et puis les voilà qui se portent vers « Pourtant », elles le pressent... « Pourtant ? » Qu'est-ce que c'est ? Comment « Pourtant » ? « Pourtant » quoi ? Pourquoi « Pourtant » ? D'où c'est venu ?

— Impossible d'abandonner « Pourtant » dehors, tout seul... Au nom du ciel, échappez-vous de nouveau de « la parole donnée », juste encore une fois, juste un instant sortez, ouvrez plus grand, ne craignez rien, vous pourrez réintégrer votre « parole donnée », n'en plus bouger, vous y resterez en toute sécurité, mais maintenant venez, ouvrez, vous allez voir, vous ne le regretterez pas...

— Vous entendez ce remue-ménage dans « la parole donnée » ? Une vraie panique, on s'agite, on se cogne aux parois, n'ayez donc pas si peur... vite, venez ouvrir !

— Il n'y a rien à faire, personne ne sort... ils se tiennent plus enfermés que jamais...

— Alors tant pis, on doit ouvrir nous-mêmes, forcer de ce côté... Il faut que tu sortes...

— Oui, toi, tu étais là à te prélasser sans rien faire... il faut que tu reprennes du service... Allons, viens, on t'ouvre, avance-toi comme tu sais le faire...

— Revêtu de tes plus beaux atours, ta tenue de parade... Vas-y... Air solennel, imbu de ton importance, tu accordes aux plus méritants des récompenses, tu épingles des décorations... « C'est un secret »...

— Tu descends vers les élus... une apparition céleste enveloppée de nuées... « C'est un secret »...

— Tu es une nymphe effarouchée s'avançant sur la pointe des pieds, un doigt sur les lèvres, murmurant... « C'est un secret »...

— Ou tout bonnement tu fais goûter aux invités un mets succulent... « C'est un secret »... Qui n'en veut pas ? Mais tous en veulent bien sûr. Ils se tendent...

— À vous maintenant, c'est à vous, venez... ton ferme, intransigeant... « Seulement vous me donnez votre parole ? » Et tous la donnent sans hésiter... Qui refuserait ? Et voilà. Le tour est joué.

— Chaque contrevérité est devenue une vérité enfermée dans « la parole donnée ».

— On dirait qu'il n'en vient plus guère. C'est à croire qu'il n'y a rien maintenant que des « paroles données ». Un vaste espace couvert de petits blockhaus. Si on le survolait, on croirait passer au-dessus d'un immense champ de choux-fleurs.

— Tiens, qu'est-ce que c'est, ces deux-là ? Ne dirait-on pas des contrevérités ? Elles ont cet air sûr de soi, rigide...

— Oui, dur... des « durs à cuire ».

— Mais ça suffit à présent. On n'en veut plus. On n'en peut plus... Il faut à tout prix les arrêter... Allons, vous, poussez, ouvrez, allez vers elles et dès qu'elles essaieront de bouger, barrez-leur le passage, allez-y... « Vous avez tort de vous avancer sur ce sujet »... Vous voyez, elles s'arrêtent... À toi maintenant, dépêche-toi et tâche d'être à la hauteur, sous ton meilleur aspect, avec le ton qui convient, toutes les intonations, allons, vas-y... « C'est un secret »... « Un secret ? »... Elles vont s'immobiliser, médusées. Et puis, comme toujours, elles vont aller vers toi... « Un secret ? »...

— Elles s'arrêtent, en effet, mais, c'est curieux, elles ne se rapprochent pas de toi...

— Oh, regardez, elles rebroussent chemin, elles ont dû voir qu'elles se sont trompées d'endroit, elles se portent ailleurs...

— Ah ! le voilà qui revient... « C'est un secret » est rentré...

— Et dans quel état !

— Ah oui, dans quel état... Vous osez prendre un air choqué... Vous n'avez pas vu comment j'ai été traité ?... grâce à vous... toujours à me pousser... « Vas-y, vas-y et fais de ton mieux »... C'est ce que j'ai fait... et ne me faites pas croire que vous ne regardiez pas, vous avez vu comme une de ces contrevérités m'a toisé et puis elle a dit... et avec quel mépris : « Ça, un secret ? Mais pour qui se prend-il ? On le reconnaît aussitôt, on sait ce qu'il est : c'est "un secret de polichinelle". »

II

— Il n'y en a plus pour longtemps... Ça doit être les tout derniers mots avant qu'on ne raccroche... On dirait que déjà la paroi se met à bouger...

— Quelle idée de l'avoir dressée... Nous enfermer pour si peu... Il n'y avait pas le moindre risque...

— Mais vous avez oublié ? Il nous est arrivé même dans le déroulement d'un échange comme celui-là, des plus convenus, rodés depuis si longtemps, vraiment à toute épreuve...

— Ah oui, quand Dieu sait pourquoi, l'un d'entre nous, saisi d'un accès de fureur, avait tout à coup foncé sur la paroi, il avait réussi à ouvrir...

— Il avait surgi de l'autre côté comme un démon... Un dément échappé de l'asile...

— Et celui-là, vous vous rappelez, un ennui mortel nous avait petit à petit plongés dans un de ces engourdissements... On gisait comme inanimés, et lui avait réussi à récupérer assez de forces pour se redresser, pour passer de l'autre côté et là, toujours plus excité, il a voulu se donner encore un peu plus de mouvement...

— Et quel mouvement ! À réveiller un mort... Ça nous a tous ranimés...

— Et celui qui soudain changé en un tout petit grain de sel s'était glissé de l'autre côté et avait réussi à s'insinuer dans les rouages...

— Alors ce grincement... Mais qu'est-ce que c'est ? Mais comment ? Mais d'où ?... Quelle gêne là-bas... Personne ne savait où se mettre...

— Oui, on peut les comprendre. Même malgré toutes les précautions... Avec nous on ne sait jamais...

— Enfin en tout cas, cette fois, rien n'est sorti de chez nous... Aucun dément... Pas le moindre grain de sel...

— Non, rien... Mais alors qu'est-ce qui se passe ?

— « Au revoir » est bien venu achever, l'écouteur a été reposé... et vous percevez ce silence...

— Ce qui s'appelle « un silence consterné ».

— Une consternation si immense, si pesante qu'aucun mot ne parvient à se soulever...

— On va tout savoir tout de suite...

— Mais ne me poussez pas comme ça, vous voyez bien qu'il n'y a plus de paroi... Quelle impatience...

— C'est que c'est tellement incroyable, stupéfiant...

— « Au revoir »... c'est bien lui, on peut à peine le reconnaître, il a un air traqué, il est tout recroquevillé.

— Comme s'il craignait de recevoir des coups...

— Et eux, tous autour, ils le bousculent, ils le pressent, on dirait qu'ils vont vraiment le frapper...

— « Au revoir » ? mais comment est-ce possible ? Lui le plus fidèle serviteur... le mieux stylé, le plus estimé...

— Même quand il peut lui arriver de hausser le ton, il reste par sa seule présence le garant de la décence...

— Au moment où la porte lancée à toute volée va inéluctablement s'abattre, « Au revoir » retient, ralentit un peu sa chute, il amortit tant soit peu son claquement...

— Juste avant que l'écouteur reposé pour la dernière fois ne fasse entendre son déclic mortel, « Au revoir » vient adoucir l'approche du dernier instant.

— Lorsque menace de se déclencher un conflit sans merci qui risque d'entraîner à des brutalités par trop barbares, « Au revoir » est le dernier espoir qu'on ne sortira tout de même pas d'un monde civilisé où seront tout au moins respectées les règles de la guerre.

— Et aussi parfois quand arrivent les moments où il faudra se quitter, ces durs, ces arides moments... « Au revoir » se met à dégager comme une douce et tiède vapeur.

— « Au revoir » les recouvre d'une fine buée...

— « Au revoir » les humecte de promesses tendres...

— Alors « Au revoir » mérite tout de même mieux, il mérite qu'on le laisse se défendre...

— Oui, explique-toi, que s'est-il passé ? Pourquoi t'es-tu précipité... Quand ce n'était pas ton tour... Tu ne pouvais pas attendre ?... C'est effrayant, ce que tu as fait...

— Oui, ceux qui tenaient l'écouteur peuvent le dire...

— Eh bien, longtemps avant qu'arrive le moment où la conversation normalement, décemment, se termine, tout d'un coup, « Au revoir » surgit... Stupeur à l'autre bout du fil...

Un petit instant de silence et puis un « Au revoir » répond comme un écho...

— Oh non., ce ne pouvait pas être un écho...

— C'est vrai, c'était un « Au revoir » glacé...

— Oui... On voit... une vraie petite stalactite...

— On aurait dit que son bout, « revoir », s'était détaché, était tombé, s'était pulvérisé... Plus de « revoir », seul « Au » restait... un « Oh ! » de surprise scandalisée avant que là-bas l'écouteur ne se pose...

— Plus aucun moyen de rien rattraper...

— Alors, tu te rends compte ? Qu'est-ce qui t'a pris ? Ne dis pas que tu avais oublié ceux qui devaient passer avant toi...

— Mais ils ne se présentaient pas... Alors comme un acteur au théâtre, quand celui qui devait parler avant lui a oublié, a « eu un trou », il enchaîne...

— Un trou ? Mais de quoi parles-tu ? Nous, tombés dans un trou ? Mais on était tous là...

— Tous là ?

— Eh oui, nous étions là, fin prêts... « Et bien des choses à votre maman »... « Et j'espère que vous aurez beau temps »... « Et bon repos »... « Et bon séjour »... « Et bon voyage »... « Et Jeanne est là près de moi, elle vous embrasse »... « Et merci d'avoir appelé » Et « Vous me rappelez ».

— Enfin tous... Même nous qui passons d'ordinaire juste avant toi... et même, excuse-nous, notre présence, en certains cas, fait que tu n'es pas indispensable...

— Oui, c'est vrai, ils étaient là, « À bientôt » et « À très bientôt », les deux jumeaux interchangeables...

— Enfin, des deux, « À très bientôt » est un peu plus vigoureux...

— Et tu as bondi, tu as coupé l'herbe sous le pied à tout le monde...

— Mais enfin, où étiez-vous ?

— On attendait un instant... on voulait prendre notre temps... Pas besoin de se dépêcher, on aurait l'air d'avoir été projetés malgré nous par un appareil automatique.

— Non. Dis plutôt que c'est toi qui t'es absenté. Ou tu t'es assoupi et puis réveillé en sursaut et encore à moitié endormi tu as foncé... Allons, avoue...

— Non. Je n'ai rien à avouer.

— Oh, à quoi bon le forcer ? De toute façon, on sait maintenant qu'il est absolument imprévisible. Vraiment pas du tout de tout repos...

— « Au revoir », nous jouer un pareil tour ! Qui aurait pu le penser ?

— Enfin, tant pis, il n'y a rien à faire... On ne peut plus courir de pareil risque...

— Alors te voilà parmi nous. C'est quand même stupéfiant. « Au revoir » renvoyé de ce côté. Ça doit te faire un drôle d'effet.

— C'est vrai, c'est bien la première fois que ça m'arrive...

— C'était justement à ce moment-là, quand il y avait du monde que tu faisais tout ton travail. On a du mal à imaginer comment ils se passeront de toi...

— Oh ne vous inquiétez pas... On le dit parfois à tort, mais cette fois c'est bien le cas de le dire : nul n'est irremplaçable.

— Oui, mais tout de même sans « Au revoir »...

— Oh ne croyez pas ça... ils se débrouilleront très bien... ne serait-ce qu'avec « À bientôt » et « À très bientôt » qui sont toujours là. Ou avec quelques autres qui feront très bien l'affaire...

— Mais n'aie pas cet air déprimé... Il ne faut pas le prendre ainsi. Plutôt comme une retraite bien méritée après tant d'années.

— Après un travail si assidu. Tu n'as jamais quitté ton poste. Toujours fidèle. Dévoué...

— Ah ça oui. Ce qui m'a perdu, c'est plutôt un excès de zèle...

— Alors détends-toi maintenant. Profite de cette irresponsabilité, de cette liberté...

— Si seulement vous pouviez dire vrai... Mais je sais que je ne m'en tirerai pas à si bon compte... Attendez qu'arrive la nuit... le plus profond de la nuit... le réveil après un premier sommeil... et puis l'insomnie... Vous allez voir. Je serai rappelé. On aura besoin de moi.

— Besoin de toi quand il n'y aura plus de monde ?

— Pas pour faire mon travail d'autrefois, ça, c'est fini...

— Mais alors pourquoi ?

Je vous le raconterai la prochaine fois qu'on sera de nouveau entre nous, enfermés tous ensemble...

— Alors, ça s'est passé comme tu l'avais prévu ?

— Tout à fait : ç'a été seulement encore un peu plus long, plus éprouvant...

— Oh, raconte...

— Il a fallu que j'assiste d'abord à toute la reconstitution...

— Quoi ? À toute la conversation ? Avant que tu n'interviennes ?

— Non, pas à toute... Seulement à son point de départ, un point très important : l'appel était venu de là-bas...

— Alors ?

— Alors cette conversation qui était partie de là-bas, seul un « Au revoir » de là-bas, pas un « Au revoir » d'ici, pouvait la clore, vous le savez bien. C'est une règle de courtoisie. Et vous comprenez que pour moi, c'était une circonstance aggravante.

— Mais tu ne le savais pas...

— J'ai essayé de le prétendre. Mais comment faire croire que je n'avais pas entendu le téléphone sonner ? Ça a fait rire... Tu avais donc été frappé d'une totale surdité. Tu n'avais pas suivi la fin de la conversation. Tu n'avais pas entendu la sonnerie. Tu n'avais pas entendu répondre allô. Vous voyez, ça commençait bien. Mais ce n'était que le début. Après, il a fallu écouter les derniers mots avant que j'arrive... Et vous auriez dû entendre sur quel ton désolé ces mots étaient répétés... avec quels soupirs de regret... Ah il aurait suffi de si peu de chose pour que la conversation se termine bien, juste comme il le fallait...

— Mais de toute façon, du moment que ce n'était pas de là-bas qu'était venu l'« Au revoir » final...

— Oui, bien sûr, mais enfin, ça aurait pu ne pas être si terrible... un certain manquement aux convenances... Mais le vrai délit, c'était moi qui l'avais commis. Alors il fallait voir jusqu'à quel point ce délit était grave. Irréparable... l'examiner de nouveau très attentivement... Je devais revenir et tout refaire en étant exactement pareil à ce que j'avais été...

— Le même « Au revoir » ? Mais comment ? Comment pouvais-tu y arriver ?

— Eh bien, je n'y arrivais pas. Je revenais, je m'efforçais de me ressembler...

« Au revoir »... Non, ce n'était pas toi. Tu n'avais pas ce ton sec, trop bref... Non, tout de même pas... Reviens... Et je revenais...

« Au revoir »... Trop doux, cette fois, presque douceâtre... Allons, recommence...

« Au revoir »... Ou... oui... C'était mi-figue mi-raisin... Il y avait tout de même en toi quelque chose d'un peu plus chaleureux... Reprends...

« Au revoir »... Ah, mais c'est trop chaleureux... c'est tout à fait invraisemblable... Tu essaies de me rassurer... Tu me mens... va-t'en... Et puis j'étais rappelé... N'essaie plus de me cacher la vérité... J'ai la force de la regarder en face... reviens, et je t'en prie, sois sans pitié...

« Au revoir »... Ah oui, c'est ça, voilà ce que tu étais... Tu avais foncé comme une brute... Et puis non, ne m'obéis pas, tu ne pouvais pas être aussi désagréable, tu ne l'es jamais, pourquoi l'aurais-tu été justement cette fois ? Il n'y avait aucune raison, n'est-ce pas, tu es toujours plutôt aimable... Oh, reviens, rassure-moi...

« Au revoir »... ah voilà... c'est ainsi que tu étais... un « Au revoir » auquel il ne peut y avoir rien à redire... Seulement de t'être précipité... Mais ça, qu'y peut-on ? Il faut s'y résigner.

— Et alors, ç'a été fini ? Tu ne seras plus rappelé ?

— Ça dépendra des nuits... ça peut recommencer...

— Des reconstitutions qui peuvent se prolonger jusqu'à l'aube ?

— Non, tout de même pas. La fatigue, puis le sommeil vont venir me délivrer... Je pourrai retourner auprès de vous. Mais je vous l'ai dit, je ne perdrai rien pour attendre...

— Il y aura encore beaucoup de nuits blanches ?

— Oh, je ne sais pas... Je peux être remplacé par d'autres...

— Quels autres ?

— Il y en a tant... Impossible de prévoir d'où ils viendront et quand... Ils sont sans nombre... Alors ils me remplaceront petit à petit... Je serai oublié...

— Tu pourrais reprendre tes fonctions ?

— Oh peut-être, après un certain temps. Un temps assez long... Mais je ne serais jamais tranquille... À n'importe quel moment « Au revoir » pourrait produire des résonances... elles me feraient réapparaître tel que j'étais quand j'ai commis mon forfait...

— Donc plus jamais de tranquillité...

— Oh, mais qui sait ? Un beau jour... et alors quelle paix... Je reprendrais ma place parmi les plus estimés, les plus utiles de ceux qui restent toujours de l'autre côté. Rétabli dans tous mes droits. Remplissant parfaitement mes devoirs... Oh, rien que d'y penser...

— Mais comment ? comment est-il possible que ça t'arrive ?

— Comment ? Eh bien imagine qu'un beau jour le téléphone sonne... et que la même voix... oui, la même, à l'autre bout du fil, comme si de rien n'était, comme si ce maudit « Au revoir » n'avait jamais existé... comme s'il ne s'était jamais rien passé... oui, figurez-vous que la même voix sur le ton le plus naturel, le plus innocent et bienveillant qui soit... à faire croire que tout cela n'avait été qu'un mauvais rêve... la même voix, elle seule le peut, d'elle seule peut me venir la vraie délivrance, une totale, définitive réhabilitation, que cette même voix vienne un jour, m'apporter cela : « Bonjour »... tout simplement, tout normalement... « Bonjour ». Oui « Bonjour, comment ça va ? ».

III

— Quelle bousculade ! On n'a jamais été plus nombreux. On dirait qu'on est tous là. Même toi ? Et toi ? Et toi ! dont on dit que tu es la patience même... C'est à se demander qui a bien pu être laissé de l'autre côté...

— Rien que des saints...

— Ça se comprend, ce qui vient d'y entrer, il faudrait être un saint pour le supporter...

— Alors parmi nous tous, ce ne pouvait être que ceux-là...

— Regardez-les... Voyez ces purs, ces innocents... Ils cherchent à intéresser, ils veulent « mettre de l'ambiance »... Alors qui ont-ils été chercher ? C'est à ne pas croire...

— Quoi ! Parizaud ? Est-ce possible ?

— Oui. Parizaud... rien de moins. Parizaud a été poussé en avant précédé de quoi ? de « J'ai vu ». Oui, admirez ce joli trio : « J'ai vu Parizaud »... Et aussitôt... Oh, c'est trop drôle... aussitôt a été envoyé à sa rencontre : « À la télé ? » Sans plus.

— Oui, c'est même beau à voir : « À la télé ? » sur un ton impartial, une simple interrogation. Et les saints comme si de rien n'était... « Non. Chez lui. » Suivi d'un « À dîner » touchant, tant c'était l'image même de la pureté, de l'innocence.

— Alors... mais venez plus près, on n'entend pas bien...

— Ah oui, juste ça... vous l'entendez ?

— Mais laissez donc écouter... Oui... on le perçoit nettement... c'est un léger sifflement...

— Oui, juste un petit sifflement...

— Il faut qu'on aille à leur aide... Ouvrez... Ouvrez...

— Mais attendez... vous voulez les aider comment ?

— Eh bien, faire sortir : « Pourquoi ? »

— C'est ça, « Pourquoi ? » bien sûr, « ça vous étonne ? »

— Oui... ou alors : « Qu'est-ce que ça a de surprenant ? »

— Très efficace... Le petit sifflement va stopper net... Alors on y va ?... Ouvrez !...

— Non, pas encore. Un instant... Attendez...

— Qu'est-ce qui ne va pas ? Il faut qu'on se dépêche...

— Juste un instant... Imaginez : « Qu'est-ce que ça a de surprenant » sort et appuie comme la pointe d'une épée sur la poitrine d'un assaillant. Il recule d'un pas et puis, il s'empare de l'épée... il la tourne et l'appuie à son tour sur la poitrine de l'autre : « Qu'est-ce qu'il y a d'étonnant ? » il l'appuie encore un tout petit peu plus fort : « En effet. » « Qu'y a-t-il là d'étonnant, en effet ? »

— Et c'est avec ça que vous vouliez leur venir en aide ?

— Heureusement qu'ils n'ont pas ouvert...

— Vous oubliez qu'il n'y a de l'autre côté que des saints, animés d'un immense désir de paix, de la crainte immense d'un affrontement... Prêts à tout pour l'éviter. Même à devenir des saints et martyrs.

— Ouvrez ! Ouvrez !

— Mais qu'est-ce qui vous prend ? On aurait pu se concerter...

— Il n'y a pas une minute à perdre, il faut qu'on sorte... tout de suite... C'est vraiment un cas de non-assistance à personne en danger.

— Quel danger ? Vous exagérez...

— Exagérer ! Mais vous ne sentez pas ce

qui de l'autre côté est en train de se répandre... c'est comme une vapeur chaude, étouffante...

— Oui, ce sont de ces mots dont on dit qu'ils « vous donnent chaud »... Voyez comme les saints s'essuient...

— Mais, que dites-vous, ils n'osent pas s'essuyer, ce serait indélicat, ils ne bougent pas.

— Ils ouvriront quand ils verront ceux qui sont là, rassemblés, prêts à sortir...

— D'abord : « Je ne suis pas de votre avis »... Quel moyen plus prudent, précautionneux pour dissiper cette vapeur asphyxiante ?

— Pas encore assez prudent... ils refusent d'ouvrir, ils s'épongent le plus discrètement possible... surtout qu'on ne les voie pas...

— Essayez d'entourer · « Je ne suis pas de votre avis »... c'est vrai que ce serait trop brutal... On pourrait le faire précéder d'« Excusez-moi »...

— « Excusez-moi ! » c'est ça que vous avez trouvé ? vraiment quelle ingéniosité...

— « Excusez-moi » pourrait être suivi de « mais »... et même de « là »... « mais là » qui montrerait qu'il s'agit d'un seul point, oui, limité... sinon l'accord serait parfait... « Excusez-moi, mais là »... Allons-y, frappons... Ouvrez.

— Vous voyez, ils n'ouvrent pas. Pourtant chez eux la vapeur s'épaissit. L'air va devenir irrespirable...

— Alors viens, toi, viens, « tout à fait », viens te mettre avec les autres... « Excusez-moi, mais je ne suis pas tout à fait »... Ah ! et « je crois »... tu veux venir aussi ? Bien... Ça fera un ensemble très acceptable... « Excusez-moi, mais je crois que je ne suis pas tout à fait de votre avis »...

— Ouvrez, cette fois... Non, ils ne veulent pas...

— Attendez, peut-être qu'avec « cet » à la place de « votre », « cet avis » ferait penser que ce qui fait étouffer, ce qui épaissit, ce qui pollue l'air, est souvent répandu ailleurs, où cela ne produit aucun effet nocif, un avis parmi tant d'autres. Allons-y, tous ensemble, essayons... « Excusez-moi, mais je crois que je ne suis pas tout à fait de cet avis »... toi, oui, « cet »... appuie plus fort... Ouvrez !

— Non, il n'y a rien à faire, ils préfèrent étouffer, éponger tout doucement les ruisselets de plus en plus chauds de vapeur qui de plus en plus se condense...

— Ils ont si peur... Dieu sait à quoi cela, même cela pourrait peu à peu les amener... à quels corps à corps répugnants... mortels... ils seraient égorgés...

— Mais vous oubliez que ce sont des saints. Ce qui leur ferait encore plus peur c'est d'égorger l'autre.

— Cette fois, ils vont ouvrir très vite, ils ont l'air révulsés... vous voyez ce qui est poussé devant eux comme à coups de pied... un pauvre être mutilé, avili... « c'est une cata »...

— Ne fait-elle pas penser à ces enfants de Bombay à qui leurs parents avaient brisé les jambes et qu'ils faisaient mendier, couchés sur des planches à roulettes, se déplaçant appuyés sur leurs mains...

— « Cata » pourrait aussi faire penser à un paon privé de sa queue dont des enfants pervers se seraient amusés à arracher toutes les plumes...

— Enfin Dieu sait quoi d'estropié, de pitoyable, « cata » ne pourrait-elle pas évoquer ?

— Mais « cata » peut encore être sauvée... Elle peut retrouver ses jambes, chaque plume de sa queue... elle peut redevenir telle qu'elle était... N'attendez plus, ouvrez, laissez seulement entrer « Vous voulez dire une catastrophe ? ». C'est tout. Rien de plus... Ouvrez.

— Regardez-les, ils s'écartent de « catastrophe » d'un air apeuré...

— C'est « Vous voulez dire » qui les fait trembler... « Vous voulez dire » les transformerait en censeurs sévères, en donneurs de leçons hautains...

— Et puis, comment peuvent-ils courir un pareil risque ? Et si au lieu de s'amender, de reprendre docilement « c'est ça, c'est une catastrophe »...

— « Cata » refusait de se libérer... « Non, c'est bien ça, c'est une "cata". » Vous la voyez minaudant... « Et pourquoi pas "cata" »... il y a, que voulez-vous, dans « cata » quelque chose... Figurez-vous que « cata » plaît...

— On frémit rien qu'en imaginant ce à quoi ils aboutiraient s'ils s'acharnaient à vouloir délivrer « cata » malgré elle... Une intrusion ridicule de l'armée du salut... Un combat perdu d'avance...

— Ils reculent, effarés, ils se serrent les uns contre les autres...

— Il y a encore un moyen, celui-là ils devraient l'accepter... Simplement avec calme, avec naturel faire avancer « catastrophe » et la dresser devant « cata ». « Ah oui, c'est une catastrophe »...

— Vous croyez qu'ils l'oseront ?

— Quoi ! même pas ça ?

— Oh non... repousser cette misérable « cata » et faire s'avancer au-devant d'elle dans toute sa majesté, revêtue de ses habits royaux, pareille à ce qu'elle a toujours été auparavant... Une « catastrophe »...

— Ils ont tout de même l'air d'hésiter, ils contemplent « catastrophe », si belle, si imposante, elle peut étendre sa puissance sur toute la terre, sur tous les océans et tous les cieux, elle a de si antiques origines, de si nobles alliances... « Catastrophe »... ils ont envie de s'incliner devant elle bien bas... Ils ouvriront...

— Mais c'est cela justement qui les retient... Ses origines, son rang, ses alliances... Jamais ils n'oseront l'opposer à la prolétaire, la fille du peuple, la pauvre enfant des faubourgs, à la pitoyable « cata »... pour rien au monde ils ne pourront montrer qu'ils la méprisent, qu'ils l'excluent...

— Pourtant, ils n'iront pas jusqu'à la recevoir chez eux ?...

— Ça, tout de même pas... Vous voyez, ils la regardent, propulsée devant eux... « C'est une “cata” »...

— Elle avance comme poussée par un bon coup de pied à son pauvre derrière mutilé, rentré comme le derrière répugnant d'une hyène... Vraiment, c'est insupportable, ça ne peut pas durer... Ouvrez, ouvrez, ouvrez...

— Rien à faire... C'est à se demander si pour ne pas se montrer en quoi que ce soit différents, supérieurs, ils ne vont pas finir par prendre chez eux « cata »... une petite « cata » à eux, toute semblable...

— Non, tout de même pas... ils vont peut-être accueillir « cata » mais comme une étrangère qu'on a amenée chez eux... « Ah oui, une "cata", comme vous dites »... On dirait qu'ils s'agitent, ils se concertent...

— Vous rêvez. « Comme vous dites » ne pourra pas entrer chez eux... Pour repousser « cata » vers ceux qui l'ont amenée, pour la leur rendre, ils doivent s'en approcher. La toucher... oui, "une cata"... comme vous dites »... Le dégoût est trop fort. Même accompagnée de « comme vous dites », même comme d'une étrangère amenée chez eux, il ne leur est pas possible de s'approcher de « cata ».

— Cependant il ne faut pas espérer qu'ils pourront un jour, tant que « cata » sera là, laisser entrer chez eux « catastrophe ».

— « Cata » restera chez eux. Ils assisteront sans broncher à tant d'humiliation, de destruction...

— Tout ce qu'ils pourront peut-être essayer...

— Ah, vous croyez qu'au moins par un léger soupir, un peu excédé, ils montreront de la désapprobation, une très légère répulsion ?

— Non, c'est encore trop espérer... ils ne feront pas le plus faible mouvement qui pourrait faire soupçonner l'ombre d'une prédilection pour les nobles, les puissants, les grands de ce monde.

— Elle pourra en toute tranquillité être amenée et poussée devant eux... « Ah, vous voyez ce que c'est ? » et ils regarderont sans ciller... « Oui, vous voyez, c'est une vraie cata. »

— Qu'est-ce qui se passe ? On dirait que la paroi...

— Ça vous étonne ? vous ne voyez pas ce qui a été amené de l'autre côté ?

— Oui, c'est à ne pas croire... « Race » oui, « Race » est entré précédé... de « les gens »... « Les gens de cette race. » Pas moins.

— On savait bien que si on a été tous renvoyés, c'est que ce qui arrivait était ce dont on dit « il faut être un saint pour le supporter ».

— Et ceux qui sont restés ont tout supporté en bons saints qu'ils étaient...

— Mais maintenant « les gens de cette race », il ne faut pas seulement être un saint pour le supporter, mais ça « ferait damner un saint », et ça n'y a pas manqué, ça a fait de ces saints des saints damnés, voyez-les qui se précipitent, ils ouvrent tout grand... pour que nous tous, enfermés de ce côté, et entre nous les plus méchants foncent sans retenue et s'en donnent à cœur joie...

— Mais qu'est-ce que c'est ?

— Mais comment est-ce possible ? Jamais il ne s'est montré, même de l'autre côté...

— Quand s'est-il introduit là ? Comment ?

— Peut-être était-il là depuis longtemps, immobile, assoupi dans un recoin, s'engraissant dans l'inaction... sans qu'on se soit jamais douté de sa présence...

— Ou peut-être la brusque ouverture de toute la paroi a-t-elle fait comme un appel d'air et lui, qui était dehors, s'est senti aspiré, tiré...

— Toujours est-il qu'il arrive...

— À son approche, tous, même les plus

mordants, les plus piquants, respectueusement se rangent et lui font une haie d'honneur... Entre cette double haie, avec lenteur, il s'avance...

— Il a une démarche chaloupée, traînante...

— Il étire ses membres énormes, comme boursouflés, il ne se presse pas...

— Il se laisse du temps pour savourer d'avance...

— Et le voilà qui abat sur le stock où s'entassait pêle-mêle tout ce que les saints ont supporté et ce qui en a fait des saints damnés, il écrase tout, il le transforme en un amas de débris, de déchets, il appuie dessus de tout son poids... Son poids de très gros mot, le plus gros de tous les gros mots.

IV

— Qu'est-il venu faire là ? Ils sont stupéfaits.

— Bien sûr, ils l'ont reconnu... c'est un de ces mots qui auraient dû être les premiers renvoyés de ce côté...

— Pas eu besoin cette fois de les renvoyer, on est tous partis de notre plein gré...

— Oui, disparus très discrètement pour laisser ceux d'entre nous, les bons vivants, tout simples, tout ce qu'il y a de bon enfant s'amuser un peu, se détendre avec ceux qui leur ressemblent...

— Ils étaient si contents de recevoir chez eux ces braves compagnons tout pareils à eux... même tenue négligée, un peu débraillée, incorrecte même assez souvent...

— Et parfois un tantinet vulgaire... ça ne leur déplaît pas...

— Et tout d'un coup, de là, de cette troupe

insouciante, dissimulé en elle comme s'il en faisait partie, il est sorti, poussé en avant...

— Ils ne trouvent parmi eux aucun mot qu'ils puissent envoyer à sa rencontre.

— Et lui-même paraît tout éberlué...

— Il y a dans son ton un vacillement, comme une incertitude, une interrogation...

— Il ne sait pas sur quel pied danser...

— C'est évident qu'il n'est pas dans son assiette...

— Et eux comme lui, encore plus que lui désemparés... Tout ce qu'ils arrivent à faire, c'est paraître ne pas le remarquer, le laisser passer...

— Et que pourraient-ils bien faire d'autre ? Ils n'ont pas le temps de se poser des questions, de chercher...

— Ils savent qu'ils doivent attendre qu'on soit entre nous, réunis, tous ensemble...

— Ah, vous êtes seuls enfin... nous étions là à trépigner... on vous voyait si décontenancés... incapables de comprendre... on mourait d'envie de vous révéler... c'était si amusant, si surprenant...

— Vous savez ce que c'était, ce mot qu'ils vous avaient envoyé ?

— On vous le donne en mille...

— C'était, le croirez-vous...

— Oui, figurez-vous que c'était un mot kidnappé...

— Kidnappé ? Un mot kidnappé ?

— Eh oui, ces braves compagnons si innocents l'ont un jour attrapé Dieu sait où, quand il était en train de se promener en toute liberté...

— Ils l'ont saisi et emmené chez eux...

— Et là ils l'ont examiné... Et ils ont vu tout de suite que ce qu'ils ont capturé, c'est ce qui se nomme un mot « savant »...

— Savant, lui ! mais ce n'est pas vrai...

— Mais eux, c'est ainsi qu'ils l'appellent...

— « Savant » est son signe distinctif, l'insigne qui sera cousu sur ses vêtements de prisonnier pour qu'on sache aussitôt qui il est...

— Et en tant que mot « savant », il sera soumis au sort de tous ceux comme lui qui ont été capturés et enfermés...

— Il doit d'abord se débarrasser de tout ce qu'il possède... sortir tout ce qu'il porte sur lui... on le houspille... « allons, dépêche-toi, qu'on voie un peu tout ce que tu as là »...

— Et docilement, que faire d'autre ? il le montre...

— C'est tout d'abord son sens...

— Fais voir... et les kidnappeurs l'examinent...

— Ils constatent tout de suite que ce sens n'est pas le bon sens...

— Ça ne les étonne pas de sa part... ils s'y attendaient... son sens ne pouvait pas être le « bon »...

— Et ce sens-là, qui n'est pas le bon, il ne pourra plus s'en servir chez eux... il faut qu'il s'en débarrasse...

— Il faudra qu'il se résigne à ne pas avoir de sens.

— Il restera chez eux dans ce triste état...

— Il gît, épuisé, exsangue...

— Un moribond.

— Jusqu'à ce qu'un beau jour, ses geôliers s'avisent qu'il pourrait encore servir...

— C'est ainsi que ce pauvre prisonnier, un jour, a été appelé, ils lui ont fait remettre ses vêtements, ils l'ont soigné comme ils ont pu pour qu'il reprenne au moins son apparence...

— Ils auraient même voulu lui rendre son sens... mais comment le retrouver ? Ils s'en étaient débarrassés en le jetant dans cette énorme décharge où ils jettent en vrac tous les non-sens...

— Alors ils lui ont injecté ce qu'ils ont pu trouver, un faux sens, pour lui donner meilleure mine...

— Enfin ils l'ont rafistolé... dopé...

— Et ils vous l'ont amené... Ils pensaient que grâce à lui toute leur bande ferait devant vous bonne figure...

— Comment ! ces innocents compagnons de jeux avaient donc pensé que nous n'étions pas aussi naturels, aussi sincères que nous le paraissions...

— Et nous l'étions pourtant...

— Mais eux, c'est évident, ils avaient cru que vous vous étiez déguisés pour leur ressembler, que ce n'était pas là votre tenue ordinaire...

— Il faut reconnaître maintenant qu'on avait éprouvé dès le début comme un très vague malaise...

— Quelque chose de très diffus... qui faisait douter de la parfaite innocence, de la spontanéité de ces joyeux compagnons...

— Oh, c'est ce qui vous semble maintenant... Vous n'auriez pas été à ce point surpris...

— Peut-être...

— Nous, de ce côté, on n'y tenait plus... on voulait vous crier « Ouvrez ! ».

— Oui, pour laisser sortir et se placer à côté du pauvre prisonnier et l'appuyer, un grand et fort « Pourquoi ? ».

— Nous vous aurions ouvert tout de suite, tant « Pourquoi ? » nous convenait...

— Nous ne demandions que ça, laisser venir « Pourquoi ? ».

— Oui, mais nous avons dû renoncer à vouloir le faire sortir...

— « Pourquoi ? » nous faisait peur...

— Peur ?

— Oui, peur.

— Imaginez comment, à l'arrivée de « Pourquoi ? », les kidnappeurs affolés, voyant qu'ils allaient être démasqués, se seraient mis à chercher parmi eux d'autres mots pour l'entourer... des mots qui auraient montré qu'il n'était pas seul, que dans leur groupe il y en avait d'autres pareils à lui, et ils auraient fouillé, affolés, désespérés...

— En effet, « Parce que »... c'est tout ce qu'ils auraient trouvé.

— « Parce que »... c'est tout... « Parce que » qu'ils auraient exhalé comme un soupir... « Parce que »... « Parce que » comme leur dernier souffle...

— Alors, irrésistiblement, « Quoi ? » se serait précipité... un coup de matraque qui les aurait achevés... « Quoi ? » Parce que... quoi ? « Quoi » se serait abattu... « Parce que quoi ? » « Quoi ? » « Quoi ? ».

— Et le terrain de jeux où vous aviez voulu vous ébattre avec de joyeux compagnons se serait transformé en un lieu sinistre où l'on exécute les coupables, où l'on achève les mourants...

— Vous pouvez comprendre que nous ayons renoncé à vous crier « Ouvrez », quand nous avons imaginé pareil spectacle.

V

— Ils entrent, ils s'écoulent sans fin...

— D'une seule coulée... ininterrompue...

— Ils font un bruit uniforme, monotone...

— Pas un mot plus haut que l'autre...

— Ils ont tous la même tenue...

— C'est celle qu'ils portaient chez eux, quand ils étaient entre eux...

— Ils n'ont pas pris la peine de se changer pour sortir...

— Ni de choisir parmi eux ceux qui pourraient faire meilleure impression, surprendre, amuser, intéresser...

— Ils savaient qu'ils seraient toujours accueillis de la même façon, qu'on ne serait pas exigeant...

— Peut-être savaient-ils aussi que ce qu'ils trouveraient, c'est, plus qu'ailleurs, beaucoup de silence...

— Et le silence, il faut surtout se dépêcher de le meubler...

— Et ils le meublent... ils n'en laissent pas une parcelle qu'ils ne remplissent aussitôt...

— On dirait qu'ils ont trouvé un grand garde-meuble où ils déposent, entassent tout ce qu'ils avaient chez eux...

— Non, c'est « meubler » qui a attiré, entraîné garde-meuble... Ils sont plutôt pareils à une invasion d'insectes... des chenilles qui avancent doucement, uniformément, accolées les unes aux autres...

— Là, on dirait pourtant qu'il y a comme un léger remous...

— C'est « délit » qui veut déloger son voisin, « crime »... Il le bouscule, il le pousse pour prendre sa place... « délit » l'emporte...

— « Crime » est chassé, il se fond dans la masse, il disparaît... « délit » reste...

— Et toujours ce bruit monotone...

— Engourdissant... Pas une interruption...

— Oh, mais que se passe-t-il ?

— Cette masse appuie de tout son poids sur la paroi...

— Haa, sous son énorme poussée la paroi tombe...

— Et tous ceux qui étaient de l'autre côté, qui ne pouvaient pas entrer...

— Oui, ils accourent...

— Ils viennent au secours...

— Ils vont mettre de l'ordre dans tout ça...

— Saisir, interroger ceux qui étaient là...

— On ne savait pas qui ils étaient, ce qu'ils pouvaient bien être venus faire...

— Ils vont les forcer à révéler leur identité...

— Les voilà déjà qui s'affairent...

— Ils observent cette masse uniforme, obscure, et ils y distinguent d'abord : « Prescription ».

— Oui, « Prescription » méritait qu'on l'examine... « Prescription »... Pourquoi diable est-ce là ?

— « Prescription » ne peut pas être seul. Il doit y avoir tout près « médecin » ou « malade »...

— Ils cherchent... « maladie » ? « médecin » ? Où sont-ils ? Rien ne bouge. Ils ne sont pas là...

— Mais ce qui est là, tout près, c'est « trente ans »... Ah, c'est donc ça...

— On aurait pu s'y attendre... « prescription de trente ans »... Alors il doit y avoir tout près « crime »...

— Eh oui, « crime » est là, mais précédé de « Même »... « Même pour un crime »...

— Les voici tous réunis : « Prescription de trente ans même pour un crime »...

— « Même » prouve qu'il doit se trouver pas loin quelque chose de plus petit...

— Où est-ce ? Qu'est-ce que c'est ?

— Ça doit être quelque chose d'assez petit, de beaucoup plus petit que « crime »...

— Forcément, « Même » l'indique très clairement... « Même » montre la taille énorme, supérieure de « Crime ».

— Ah voilà, c'est là... Forcément ça ne se voyait pas...

— C'est « ressentiment »

— Ils cherchent ce qu'il pouvait bien y avoir autour de « ressentiment »...

— Impossible de rien retrouver... ça a disparu...

— Mais « ressentiment » est bien toujours là...

— « Prescription » même pour un « crime » avait été soulevé et appuyé dessus...

— Une grosse pierre qui l'écraserait...

— Ah mais « ressentiment » est tellement vivace... Qu'on soulève « prescription même pour un crime » et « ressentiment », parfaitement indemne, s'est juste terré un peu...

— Il va creuser son chemin...

— Et là, qu'est-ce que c'est ? « rivage »...

— « Rivage »... un nom commun... Quel rivage ?

— Protestation indignée... Pas commun du tout.

— Propre. Tout ce qu'il y a de plus propre. Unique.

— Avec la qualité, le statut d'un nom propre... Une majuscule d'abord. Et précédé d'un titre. Oui. « Docteur Rivage »...

— « Ra-mi-na-gro-bis »... comme un brusque coup de tonnerre...

— « Ra-mi-na-gro-bis »... énorme, chevelu, un monstre...

— Les enquêteurs sont-ils devenus fous ? Ils en ont eu assez de soulever... là, et puis là... sans fin...

— Ils écrasent tout... ils piétinent. Leur « Ra-mi-na-gro-bis »... avec ses lourdes pattes velues fait de toutes ces carapaces écrasées une bouillie...

— Le bruit monotone, engourdissant s'arrête... Maintenant on distingue dans cette masse uniforme certains mouvements qu'on reconnaît parfaitement...

— Ah, c'était donc un rêve, tout ça... la paroi défoncée, les sauveteurs, l'enquête... Et « Ra-mi-na-gro-bis »...

— Et voici le moment où, pour de bon, la paroi s'abaisse et ceux qui étaient derrière... qui n'avaient jamais bougé de là, qui avaient tout observé, arrivent...

— Vous avez bien regardé ? Que s'est-il donc passé...

— Oh, rien de grave, juste un moment d'absence... un léger assoupissement.

— Ça s'est vu ?

— Non... sûrement pas...

— Même pendant cette somnolence, des mots sont venus comme il le fallait...

— Lesquels ?

— Eh bien : « Moi aussi », par exemple...

— « Moi aussi » ? ! Mais pourquoi ?

— C'est « retard » qui les a attirés : « Toujours en retard »... et aussitôt « Moi aussi » est sorti...

— Comme un soupir pendant le sommeil ? Comme un sifflement ? Comme un grognement ?

— Pas du tout...

— Et des « Hmm » venaient à point...

— Des « Hmm » ? comme un ronflement ?

— Non des « Hmm, Hmm »... comme un acquiescement.

— Et puis, quand ce bruit monotone d'écoulement a cessé pour un instant... il y a eu comme un léger temps d'arrêt.

— Et alors ça vous a complètement réveillés... Et immédiatement tous ceux qui sont de service, un peu assoupis aussi, sont revenus à leur poste...

— Vous les avez vus ?

— Nous avons même admiré à quel point ils sont consciencieux, dévoués...

— Aucun ne manquait...

— Tandis qu'allaient finir de s'écouler les dernières gouttelettes isolées de cette immense coulée, ils les accompagnaient...

— « Ah déjà »... étaient là... Et « Vous partez ? ».

— Et puis, naturellement, quand est arrivé pour eux le moment... « Au revoir » « À bientôt »... se sont avancés.

— Enfin, ne vous inquiétez pas... Nous avons bien tout observé... Nous vous avons même admirés... Ne craignez rien. Tout s'est passé le mieux du monde.

VI

— Vous avez l'air mal à l'aise... Qu'est-ce qui vous est arrivé ?

— Vous qui étiez tout le temps là, vous avez dû vous apercevoir de quelque chose ?

— Mais non, vous nous avez vus... on a répondu aussitôt à toutes les convocations...

— C'était facile, c'était la plus banale des conversations. Du tout-venant... Impossible de faire un faux pas...

— Dès que le répondeur a été décroché, nous sommes venus saluer comme il se doit quelqu'un de sympathique, de gentil...

— Mais vous qui receviez ce qui arrivait de l'autre bout du fil, vous savez bien ce qui vous a mis dans cet état... Alors dites-le...

— On se sent mal...

— Mais pourquoi ? Faites un effort...

— Eh bien, quelque chose est arrivé à « C'est »...

— À « C'est » ?

— Oui, « C'est » a été malmené devant nous, on lui a enlevé son « t »...

— Et il a fallu l'accepter sans rien faire.

— Enlevé son « t » ? Comment ?

— Dès que l'écouteur a été décroché est venu de là-bas, précédant « Antonin », un « C'es » amputé de son « t »... C'es... Antonin...

— Une crevasse s'était ouverte... un vide, tout à coup, qu'il fallait enjamber...

— Ce « t » qui est une de nos fiertés... Quelle autre langue le possède ?

— Cette grâce qu'il a, cette légèreté.

— Cette courtoisie... dès qu'un vide s'ouvre, difficile à franchir, « t » s'élance de c'es... comme une passerelle légère...

— Oui, un « t » qui viendra délicatement se poser de l'autre côté...

— Oh, si délicatement... en effleurant à peine...

— Ah mais c'est encore trop. L'autre que « t » touche si légèrement, le sent posé sur lui, adhérant à lui, insupportable...

— Il lui semble que ce « t » collé à lui le rend grotesque... « Tantonin »... voilà ce que ce « t » en a fait... Tantonin... « Cé Tantonin »...

— Il n'en veut à aucun prix...

— Ce « t » doit être détruit... Cé... Antonin...

— Cette façon de s'attribuer ce qui ne lui appartient pas... Ce « t » n'était pas à lui...

— Bien sûr, ce « t » était une partie de « C'est »...

— Inséparable...

— Mais cette brute...

— Oh n'exagérons pas...

— Enfin, cet être fruste, indélicat...

— Même s'il n'a pas senti « t » se coller, adhérer à lui et le défigurer... en faire Tantonin... il a pu sentir ce « t » le toucher comme un petit coup d'éventail mutin... comme l'effleurement d'une main finement gantée... et il n'aime pas ce genre de façons...

— Enfin, quoi qu'il en soit, il a fallu assister à cela... C'es... Antonin... sans pouvoir bouger...

— La prochaine fois, appelez-nous... Oh, ne craignez rien, on fera seulement revenir « Ah, c'est Antonin ? ». Juste en ramenant le « t ».

— Comme si de rien n'était...

— Oh bravo !

— Mais on ne l'aura pas fait exprès... pour qui nous prenez-vous ?

— Oui, c'est cela : pas « Ah, Antonin »... mais « Ah, c'est Antonin »...

— Mais il sentira qu'on le nomme Tantonin... il se sentira ridicule...

— Tant pis, ce sera très bien fait... après ce qu'il s'est permis avec « t »...

— Mais s'il ne s'agissait que de Tantonin...

— Vous savez bien que ce n'est pas arrivé qu'ici...

— Vous savez bien à quels traitements un peu partout « t » est soumis... Il est détruit même devant « ouvert »... Oui, « c'es... ouvert » !

— Même devant « entendu »... Devant « étrange »...

— Devant « ainsi »...

— Enfin, « t » est enlevé de là où il est le plus utile... où il a sa place la plus légitime...

— Par besoin de détruire.

— Du pur vandalisme...

— Oh non, ne croyez pas ça. L'assassinat de « t » va bien plus loin...

— C'est une lutte sans merci...

— « t » est l'emblème des privilégiés, des nantis...

— Vous avez vu comme certains... on dirait des parvenus, tant ils ne manquent jamais de l'exhiber, de le mettre bien en valeur, d'appuyer dessus avec force...

— Et le c'es... où le « t » est supprimé devient la marque des défavorisés, des démunis.

— Alors, qu'attendez-vous, par solidarité, pour l'enlever, ce « t », vous aussi ?

— Allons, allez-y... c'es... évident... c'es... à hurler... Qu'est-ce que vous attendez ?

— Non, on ne peut pas...

— Absolument impossible.

— Aucune considération d'équité, d'égalité ne nous le ferait sacrifier...

— « t »... Inviolable. Intangible.

— « t » l'étendard que rien au monde ne pourra nous arracher...

— « t »... flotte toujours, intact, au-dessus des mêlées.

VII

— Est-il possible qu'il ne vienne pas ?

— Vous savez bien que c'est impossible.

— Alors comment se fait-il qu'il ne soit toujours pas là ? Plusieurs noms propres sont venus et repartis, mais ce n'est jamais lui.

— Vous oubliez qu'il n'est pas un nom propre comme les autres. Comment pouvez-vous le comparer ?

— Lui, il n'est pas amené pour accompagner quoi que ce soit... La seule raison pour laquelle il est amené, c'est lui.

— Oui. Lui. Lui seul. Alors pour le faire entrer ainsi tout seul... sans rien qui semble l'appeler, rien qui puisse justifier sa présence... il faut beaucoup d'habileté...

— Pouvoir lui frayer un chemin...

— En trouver un. Il n'y en a pas de tout tracé...

— Mais il viendra, c'est sûr. Vous savez bien qu'ils ne peuvent pas s'en passer...

— Ils tirent de lui leur subsistance...

— Leur existence... leur raison d'être... on peut le dire vraiment, ce n'est pas exagéré.

— Si, tout de même un peu... mais enfin...

— Alors croyez bien que s'ils l'avaient pu...

— C'est sûr, ils n'auraient pas attendu...

— Mais il viendra...

— Ah, le voilà, il arrive... on l'entend s'approcher... Avant même qu'il n'apparaisse distinctement, on perçoit comme sous son poids la voix baisse.

— Elle s'incline déjà devant lui.

— Et vous voyez, le voici... LE NOM...

— Oui, c'est bien lui...

— Vous percevez de l'autre côté, ce silence chargé de respect...

— Inutile de crier « Ouvrez ! ». Ils n'ouvriront jamais. Il vaut mieux prendre son mal en patience, se contenter de regarder...

— Il peut y avoir des compensations...

— Vous avez entendu ?

— Quoi ?

— « Cigarettes ». Vous ne vous en souvenez pas ?

— Il est arrivé que c'est par « cigarettes » qu'il est entré...

— On vous le disait bien...

— Quoi ! C'est lui ? Vraiment ?

— Oui, c'est LE NOM. Lui-même. « Cigarettes » n'est venu que pour lui. Si ce n'était pas pour lui, LE NOM aurait pu être remplacé par : « Un ami ». Ou bien par « Je connais quelqu'un » qui pour s'arrêter de fumer s'est habitué à tenir une cigarette entre ses lèvres sans l'allumer... Mais vous voyez bien qu'il n'y a pas eu de « J'ai un ami ». Pas de « Je connais quelqu'un ». Seul lui : LE NOM. C'est lui seul qui importe. Tout le reste : « S'arrêter de fumer », « Cigarettes pas allumées »... tout n'était là que pour lui : des huissiers pour l'introduire, des bedeaux pour le précéder, entouré des gens de sa suite.

— Et eux, ses familiers, eux ses proches.

— Eux les hauts dignitaires de sa cour.

— Eux les princes du sang.

— Il devrait déjà revenir...

— Oui, comme le temps semble long...

— Le temps lancinant de l'attente...

— On dirait une lueur...

— Mais où ?

— Dans « Caire ». « Le Caire »... « Le Caire » l'a déjà introduit...

— Vous croyez ?

— Non, vous devez confondre... Voici « Le Caire »... Et le musée... Et le Nil...

— Attendez un peu...

— Non, vous voyez bien... Louqsor... Les marchés, les mosquées... Et pas le moindre indice qui permette de sentir que LE NOM va arriver...

— On vous le disait bien... On aurait beau voir défiler l'Égypte entière...

Oui, c'est évident, on s'est trompé...

— Ah, tenez, le voilà... Il est venu... Et où ? Avec lui, on ne sait jamais... On l'attendait au Caire et c'est à Lyon qu'il apparaît. Mais oui, regardez... Le voilà : LE NOM. Vous le voyez... Il est écrit sur un registre d'hôtel. À la réception, l'employé... comment peut-on être à ce point ignare... il a inscrit LE NOM avec une lettre en moins...

— Une lettre en moins. À CE NOM... LE NOM est resté ainsi raccourci d'une lettre. Et personne n'a rectifié. Mais de le voir, lui, ainsi traité !... C'était d'un drôle...

— Ce qui est amusant, avec lui : c'est l'imprévu... de le voir surgir n'importe quand, n'importe où...

— À propos de bottes...

— C'est le cas de le dire, bien qu'en fait de bottes, ce sont des chemises...

— Oui « chemises »...

— Ces chemises en tissu provençal... Et tenez, le voilà, LE NOM... ces chemises... d'un tissu spécial ? d'une certaine coupe ? Qu'importe ? Ce qui importe, c'est que ces chemises lui ont ouvert l'accès...

— Mais on n'en finira jamais de rechercher toutes les voies par où on peut s'attendre à voir LE NOM faire son entrée.

— Ah mais comme nous sommes devenus nombreux... Quelle cohue...

— Eh oui, cette fois ne sont restés de l'autre côté que ceux qui ont été triés sur le volet...

— Une élite. Des familiers devant qui il peut se permettre de se présenter dans une tenue plus négligée...

— Sa tenue d'intérieur...

— Quand il ne porte que son PRÉNOM...

— Maintenant, on n'a plus besoin, comme pour le NOM, de chercher à découvrir, et avec quelles difficultés, des voies d'accès... On est chez lui, avec lui, tout près...

— Oui, mais d'autres difficultés se présentent... C'est entendu, on est ses familiers... on est des privilégiés...

— Mais familiers à quel point ? À quel point privilégiés ?... C'est là toute la question...

— Voyons un peu comment ils vont s'y prendre.

— Ah regardez celui-là... Les chevaux de bois... c'est ça qu'il a trouvé...

— Oui, ceux du Luxembourg... LE PRÉNOM et lui s'y promènent souvent ensemble... et ils ne manquent jamais d'aller voir les chevaux de bois... Nous avons pour ces chevaux de bois une même passion...

— Pas mal. Voyons qui fera mieux...

— Celui-là ?... Regardez-le... LE PRÉNOM bien sûr est avec lui... Il l'observe de très près et ce qui le frappe, c'est sa mine... « Oui, je ne suis pas content, ces derniers temps, je ne lui trouve pas très bonne mine. »

— Ah mais voyez quelle imprudence, quelle étourderie !

— Pourquoi ?

— Vous le voyez bien, il a ouvert la voie à un autre... Et quelle voie... une voie royale...

— C'est vrai... Avec quelle aisance ce veinard s'y avance... son air discret, réservé...

— Modeste... comme il sied aux vainqueurs... « Oui, en ce moment il a quelques ennuis... »

— Seul, laissant derrière lui tous les autres...

— Comme ils ont l'air humble, déconfit...

— Mais pas lui... il est fort, il est vraiment admirable... il se joint au triomphateur, il se place à côté de lui...

— Que dites-vous, à côté de lui... il le repousse un peu, l'écarte et prend sa place... « Mais ça va s'arranger... nous en avons parlé... il a reconnu qu'il s'inquiète comme toujours pour peu de chose... »

— Mais qu'est-ce qu'ils ont tout d'un coup ?

— Ils regardent tous du même côté... on dirait qu'ils ont vu... oui, là, chez celui-là... il se tenait un peu à l'écart... il restait coi...

— Ils se portent vers lui... ils l'entourent, l'interrogent... « Ce PRÉNOM... vous avez l'air... on croirait... mais vous savez bien, n'est-ce pas, qui le porte ? »

— Oh, c'est trop tentant, on n'en peut plus de ne jamais pouvoir entrer...

— Ouvrez, au nom du ciel... il faut qu'on sorte... et voilà tous ces prénoms qui accourent, se poussent, se bousculent... Moi, non, moi. Ils sont devenus enragés... Toi, mais tu deviens fou... Toi, le prénom d'un chanteur de charme... Et toi, celui d'un boxeur, et toi... mais voyons, c'est de la démence... Ils supplient... « Aidez-nous à sortir. » Criez : « Ouvrez, on n'en peut plus, on est à bout »... ce serait si amusant... Allons, frappez, criez qu'on nous laisse entrer... Mais comment ne savent-ils pas, ces forcenés, qu'il n'y a pas l'ombre d'une chance qu'on leur ouvre...

— Non, il n'y a rien à faire...

— Déjà le misérable interrogé répond docilement... « Mais bien sûr voyons, qu'est-ce que vous allez vous imaginer ? Vous m'offensez... Bien sûr, je le sais. »

— Mais en voici un qui bat tous les autres... il serre LE PRÉNOM contre lui, il le tient bras dessus bras dessous, et vous le voyez ?

— Oh, est-ce possible ? il se tourne vers LE PRÉNOM... Je lui dis toujours : « Tu sais bien que tu as l'art de te torturer pour rien... »

— Tu... Tu... Tu... Oui, Tu...

— C'est un coup dur, mais ne nous affolons pas... Ce « Tu » est peut-être un vieux « Tu » qui a perdu toute sa vitalité... un « Tu » entre deux élèves d'une même classe au lycée... entre deux conscrits d'une même chambrée.

— Comment le savoir ?

— C'est très simple, il n'y a qu'à demander : il y a très longtemps que vous vous connaissez ?

— Il tourne la tête vers LE PRÉNOM... « Tiens, au fait, quand est-ce que nous avons décidé de nous tutoyer ?... Ah oui, depuis déjà une dizaine d'années ?... Je n'aurais pas cru... Mon Dieu ! comme le temps passe... »

— Mais un jour viendra, soyez-en sûrs, où CE NOM et CE PRÉNOM vont nous quitter...

— Vraiment ? Vous croyez ?

— Ils sont si difficiles, si capricieux, ils iront hanter d'autres lieux... Dieu sait lesquels, peut-être très loin... qui leur conviendront davantage...

— On les verra luire très haut dans le ciel, parmi d'autres astres...

— Nous, pour qu'on puisse les voir, il nous faudra une longue-vue...

— Ou bien, sait-on jamais, ils deviendront peut-être des astres éteints...

— Là, vous allez chercher trop loin...

— En tout cas, ce qu'on peut affirmer, c'est que CE NOM et CE PRÉNOM ne tarderont pas à être remplacés par d'autres... Vous savez bien qu'ici les NOMS et les PRÉNOMS, on ne peut pas s'en passer.

— Ah, vous, vous devez toujours tout voir en noir...

— C'est vrai... permettez-nous de les vivre par avance, ces instants... même brefs...

— C'est si bon... vous la sentez, cette délivrance...

— Vraiment inattendue...

— Cette insouciance...

— Cette innocence...

— On avait oublié qu'elle pouvait exister...

VIII

— Mais ne me serrez pas comme ça, je n'en peux plus, je deviens fou, je vais tout faire craquer, je vais bondir, vous ne pourrez plus me retenir... Vous d'ailleurs, quand on y pense, vous, me retenir ! Vous, enfermés avec moi, chassés avec moi derrière la paroi, non, c'est trop drôle...

— Mais nous n'avons rien de commun avec toi, notre place n'était pas là-bas en ce moment, c'est tout...

— D'autres mieux doués sont restés pour faire le travail, tandis que toi...

— Moi quoi ?

— Tu sais bien... ne fais pas l'innocent... tu sais que parmi ceux qui sont venus il y en avait un qui était assez mal en point, très fragile...

— Il a été blessé, tu le sais bien, et tu serais capable de rouvrir sa plaie...

— Même pour nous, ce serait insupportable... alors que dire de ceux qui sont restés pour le distraire, lui faire oublier...

— Mais tiens-toi donc tranquille, veux-tu, c'est inutile de gigoter...

— Lâchez-moi, vous ne faites que m'exciter... Vous entendez ces mots qui arrivent de l'autre côté... ils se croient anodins... ils s'approchent... Je me sens comme aspiré, ma place est là-bas parmi eux...

— Mais non, ils ont senti le danger, ils s'étaient égarés, un moment de distraction... déjà ils s'éloignent...

— Oui, leurs compagnons respirent, ils étaient si surpris, si effarés, ils reprennent leur calme. Ce n'était qu'une fausse alerte...

— Et toi, arrête de t'agiter... C'est inutile, nous ne crierons pas « Ouvrez ! ».

— Il a l'air de plus en plus excité, il faudrait peut-être relâcher un peu...

— Non, c'est trop dangereux. Mais qu'est-ce que tu as ? Qu'est-ce qui t'attire tant que ça ? Dis-le... avoue.

— C'est inutile, il n'avouera pas... Mais on le sait, c'est bien connu...

— Oui, bien sûr... le fruit défendu.

— La fascination qui pousse vers l'obstacle à éviter...

— Peut-être, mais ce qui est le plus fort, c'est le besoin d'atteindre le point vulnérable...

— Appuyer là où à coup sûr quelque chose va frémir, se soulever, se rétracter...

— C'est irrésistible pour certains, cet attrait...

— Pour certains ? Ils sont si nombreux...

— De loin les plus nombreux. Ceux que cette vulnérabilité n'excite jamais...

— Je dirais qu'on peut les compter sur les doigts d'une main...

— Oh n'exagérez pas...

— Bon, peut-être pas sur les doigts d'une main...

— Ni même de deux mains... Mais ils sont en minorité, c'est indiscutable...

— C'est compréhensible... Qui s'amuserait à essayer de faire remuer ce qui est complètement inerte ?

— Vous l'entendez ? Il gémit maintenant, il supplie...

— Qu'est-ce qu'il dit ?

— Il répète « gaffe »... « gaffe »...

— Gaffe ? Mais pourquoi ?

— Il demande à faire partie de la catégorie des gaffes...

— Lui ? Une gaffe...

— Une gaffe, toi, tu te rends compte de ce que tu demandes ? Rien n'est plus différent de toi...

— Mais si, c'est ce que je veux être... une gaffe... Oui, en être une... ne me le refusez pas.

— Il est trop drôle...

— Est-ce que tu te rends bien compte de ce que c'est que d'être une gaffe ?

— Oui, je m'en rends compte... justement...

— Une gaffe... ce qu'il y a de plus stupide, obtus...

— Une gaffe... toi... tu aurais son air ahuri, hébété...

— Tu aurais l'œil vide et fixe de taureau qu'ont les gaffes...

— Une gaffe... tu serais cette pierre, cet objet inanimé...

— Il est de plus en plus excité, il supplie... « une gaffe, oui, c'est ça que je veux... Être ça... une pierre... un projectile lancé on ne sait d'où à toute volée... Une gaffe... ce qu'il est si difficile... ce qu'il est impossible de rattraper... oh laissez-moi devenir une gaffe... »

— C'est inutile de supplier, nous ne crierons pas « ouvrez ! » et d'ailleurs ils n'ouvriraient jamais. Ils ne veulent pas assister à ce spectacle... un être vulnérable, fragile, touché, blessé même par une gaffe...

— Qu'est-ce qui nous arrive ? Vous ne le sentez pas ?

— Moi je le sens... c'est d'entendre ces supplications, ces cris...

— On a perdu notre naturel, notre liberté de mouvement...

— On sautille, on veut paraître légers...

— Des petites balles de ping-pong...

— J'ai l'impression qu'on a l'air de jouer la comédie...

— On minaude...

— Il faut absolument que là-bas, de l'autre côté, il arrête d'appeler... Ne vaudrait-il pas mieux ?...

— Quoi ? le détacher ? Le faire sortir ?

— Peut-être... avec beaucoup de précautions...

— Puisqu'il n'est pas possible de ne pas entendre ses appels, ses cris... eh bien, qu'il sorte enfin... mais en amenant avec lui toute une équipe...

— Oui, de secours.

— Vous allez ouvrir ?

— Ça vaudrait mieux, croyez-le... Qu'il sorte doucement... très doucement.

— Un mot très doux... familier... rien de menaçant... il n'y a rien en lui qui effraie... il apporte avec lui des remèdes... très efficaces...

— D'autres viendront bientôt...

— Allons, on le fait... on ouvre...

— Attendez, encore un instant... ça fait si peur...

— Mais non, ne craignez rien, cela vaut mieux... vous verrez... Voilà... On y va...

— Oh non, ne faites pas ça...

— Non, non, n'ouvrez pas.

IX

— Vous entendez leurs appels ? Ils nous supplient... qu'on cherche, qu'on se dépêche...

— Les pauvres, on les comprend... après ce qui leur est arrivé...

— Oui, c'est « chez eux » qui aurait dû tout naturellement suivre « arrivé »... « ce qui est arrivé chez eux », mais il est plus juste de le supprimer et qu'un « leur » inquiétant le précède... « leur est arrivé »... c'est bien ça...

— Par quel hasard, par quelle malchance leur est-il arrivé, ce mot... ?

— Un mot qu'ils connaissaient et qu'ils ne connaissaient pas...

— Qui est-ce ? Ils demandent qu'on les aide...

— Mais on a beau s'efforcer... on met au jour ses racines... on découvre ses origines... on lui trouve des accointances, des ressemblances... on regarde bien à quelle famille il appartient...

— Comme si ce n'était pas trompeur, les « airs de famille »...

— Enfin, il n'y a rien à faire, on ne trouve pas...

— Comment vont-ils s'en tirer ? C'est que le mot est là, il attend d'être accueilli comme il le mérite...

— Un mot reçu partout... Pas un de ces mots « savants »... ou « techniques ».

— Ah, s'il l'était, comme ce serait facile... il n'y aurait qu'à demander, sans aucune gêne...

— Mais c'est un mot tout simple, bien connu, un mot dont on dit qu'il est « courant »...

— Et c'est vrai qu'il court partout... On l'a vu passer mille fois...

— Mais voilà : passer seulement...

— Comment se pardonner tant de paresse, de négligence ? l'avoir regardé aller et venir si souvent, sans s'être jamais donné la peine de s'en approcher de plus près, de faire plus ample connaissance...

— Qui aurait jamais pu penser qu'un beau jour il arriverait...

— Enfin, il est là, il attend qu'on le reçoive comme il a l'habitude d'être reçu...

— Oui, dans les plus larges cercles... Vous voyez comme il se tient... avec quelle assurance.

— Il doit se sentir si vigoureux, tout empli de sens, d'un beau sens pur, limpide...

— Comment pourrait-il se douter qu'on le voit si trouble... toutes sortes de choses indiscernables y flottent...

— Il faut absolument le forcer à faire sortir un peu de son sens, juste un échantillon...

— Ils ouvrent tout grand, ils veulent tant qu'on les aide...

— Très bien, mais comment s'y prendre ?

— N'y avait-il pas dans son intonation comme de l'indignation ?

— Peut-être bien... Alors essayons de sortir « choquant » ou plutôt « assez choquant »...

— « Oui, c'est assez choquant »...

— Ah, quelle erreur ! C'était une illusion, il n'y avait rien d'indigné dans son ton... « Assez choquant » est renvoyé, affublé d'un point d'interrogation et même...

— On ne peut qu'admirer tant d'habileté, une telle ruse... même suivi d'un « Pourquoi ? »

— Ah oui, il sait se défendre...

— Mieux que se défendre : attaquer...

— Ce « Pourquoi ? » pour nous rendre la pareille... Pour nous forcer à faire sortir notre sens...

— Mais on ne va pas se laisser faire... Ce « Pourquoi ? » ne nous aura pas. « Pourquoi ? » est renvoyé négligemment avec « Oh, je ne sais pas »...

— Pourtant on ne peut pas en rester là... Il faut absolument le faire céder... Il faut que son sens sorte...

— Alors on va battre en retraite et revenir avec « C'est vrai, c'est plutôt banal »...

— Ah, « banal » revient aussi, même pas accompagné d'un « Pourquoi », un simple point d'interrogation le remplace... « Banal ? »

— Et si on essayait « Enfin, on n'y peut rien »...

— Ah oui et ajoutons « N'est-ce pas ? »... « Ah, n'est-ce pas ? »... Quelle trouvaille...

— Comment « N'est-ce pas ? » ne s'était-il pas présenté avant... « N'est-ce pas ? » Voilà une belle entaille... Il n'est pas possible que par là ne s'échappe tant soit peu de son sens...

— Mais il en sourd... Parcimonieusement... à peine quelques gouttes... « Eh oui... peut-être bien... »

— Voilà qui va le forcer : s'attaquer à lui directement... Un coup très fort. Il va se découvrir en essayant de se défendre...

— Allons-y : « Est-ce bien le mot juste ? »

— Mais quel optimisme ridicule, quelle naïveté... Vous avez vu ?

— C'était facile à prévoir. Il s'est refermé encore davantage, il s'est entièrement replié sur lui-même... « Eh oui, bien sûr... » Et puis il a lancé « Quel autre mot ? Vous en voyez un autre ? ». Il ne restait qu'à prendre la fuite.

— On n'en peut plus à la fin... on a envie de le piquer au hasard, n'importe où...

— Avec n'importe quoi... tout ce qui se présente... « Déplorable ». « Excusable ». « Humain ». « Inhumain ». « Fréquent ». « Plutôt rare ».

— Enfin, on n'en finirait pas. À quoi bon continuer cette lutte inepte. On voit bien qu'on ne l'emportera pas.

— Si. Il faut en venir à bout, de ce maudit mot... Allons, encore un effort...

— Et voilà... ça se dresse, ça avance, ça sort : « Voulez-vous qu'on vous le dise ? Qu'on vous dise la vérité ? La vérité vraie... Eh bien, quand on y regarde de plus près, ça n'a aucun sens. » Ah, vous voyez comme il titube... il gémit... « Aucun sens, ça... » Et puis un « Pourquoi » s'exhale de lui... un « Pourquoi » à peine audible... Le dernier soupir d'un mourant... Tandis qu'il s'affaisse... Et qu'on l'achève d'un bon coup... « Non, vraiment, ça n'a pas de sens. »

X

— Ça y est, « Tu » a encore fait des siennes...

— Oh, avec « Tu », on peut s'attendre à n'importe quoi...

— En tout cas à une de ces crises de laisser-aller qu'il lui arrive d'avoir de temps à autre...

— Il se débraille, il va jusqu'à se dénuder sans aucune pudeur...

— Vous le voyez maintenant, il a une de ses belles crises... le voilà avec « n'as qu'à »... « Tu n'as qu'à »... Eh bien, ce « n'as qu'à » collé à lui le gêne... Alors il n'hésite pas... il se débarrasse de son « u », de son « n »... « T'as qu'à ».

— Vraiment, il faut qu'il n'ait pas honte...

— Honte ? Mais il est enchanté, cette tenue lui convient. Il s'y sent délicieusement à son aise...

— Non, ce n'est pas possible, il ne se rend pas compte... On va lui montrer de quoi il a l'air...

— Vous croyez qu'il va ouvrir ?

— Peut-être bien, il se sent si détendu... Vous voyez, il nous ouvre...

— Il faut en profiter, se dépêcher... ne pas y aller par quatre chemins...

— Écoute, « Tu n'as qu'à »...

— Qu'est-ce qu'il y a ? Qu'est-ce que vous me voulez ?

— Oh, « Tu n'as qu'à », ne joue pas les innocents... Qu'as-tu fait de ton « u », de ton « n » ?

— Eh bien oui, ils me gênaient... collés à moi... J'ai voulu me sentir plus à l'aise...

— Plus à l'aise... « u » et « n » te gênaient... voyez-vous ça... Alors tu sais de quoi tu as l'air maintenant ?

— Non, de quoi ?

— Tu as l'air d'un « Taka », tu t'en rends compte ?...

— D'un « Taka », c'est amusant...

— Amusant d'être un « Taka » ? Mais tu ne sens pas combien « Taka » est laid, vulgaire ?

— Non, moi « Taka » ne me choque pas... mais pas du tout... Taka... Taka... Ça a un petit air exotique... Taka... Taka... ce nom, plus je le répète, plus il me plaît...

— Il faut le saisir à bras-le-corps, le secouer... « Tu n'as qu'à », écoute-nous, au nom du ciel, reviens à toi... « Tu n'as qu'à », regarde ce que tu as fait de toi... Tu n'as plus de « u », plus de « n »...

— À force de te laisser aller... Ah, voilà ce que c'est que d'être « Tu »... Ce n'est pas à « Vous » que ça pourrait arriver...

— Regarde, « Vous n'avez qu'à » avec son « n'avez », si calme, qui s'étale sans hâte, avec dignité...

— Tandis que « Tu »... « Tu »... qui n'as juste que ce « u »... dont il t'est si facile de te débarrasser...

— En le remplaçant par cette « ' », un oripeau... un bout de chiffon qui ajoute encore à ton aspect débraillé... « Tu », il faut dans une situation comme la tienne se surveiller davantage... Ne pas t'acoquiner... laisser « as qu'à » se coller à toi de si près sans rien qui te protège...

— Sans ton « u » ni ton « n »... Crois-nous, tu ne peux pas t'en passer... sans te déclasser.

— Tu sais, il y a des gens — et pas particulièrement délicats — à qui le contact possible de « Taka » donne envie de se reculer... de se protéger... comme s'ils allaient recevoir « un postillon »... ce mot vulgaire ne te choquera pas...

— Il n'y a rien à faire. Malheureusement, ce sont de ces « choses qui arrivent », on ne sait pourquoi, même dans un milieu raffiné tout à coup, des individus prennent plaisir à se déclasser...

— C'est ce que tu fais, « Tu n'as qu'à »...

— C'est navrant...

— Mais il vaut mieux ne pas insister... D'être un « Taka », rien ne peut lui plaire davantage... Vous l'entendez ? « Taka »... « Taka »... et même pour augmenter le plaisir de s'avilir, il fait prendre à « Taka » un air vautré, une allure veule, traînante... « Taa... kaa... »

XI

— Regardez, « Vous êtes » ne nous a pas suivis...

— Oui, « Vous êtes » a tenu à rester de l'autre côté, il s'est implanté là, c'est évident qu'il ne veut pas en bouger...

— Ce n'est pas de bon augure.

— C'est vrai, cette insistance de « Vous êtes » pour rester, ça ne dit rien qui vaille...

— Ne soyons pas injustes, il y a des « Vous êtes » de toute sorte...

— Rappelez-vous celui-là... « Vous êtes tout ce qu'il y a de beau et de bon dans l'humanité »... Comme devant ce qu'il avait lui-même porté aux nues, il s'était prosterné... avec quelle piété...

— Et combien de « Vous êtes » anodins... et même serviables... « Vous êtes dans le sens interdit »... et bienfaisants... « Vous êtes sauvé »,

« Vous êtes guéri »... et combien d'autres encore... ils sont innombrables...

— Oui, mais c'est comme pour les champignons, ils se ressemblent parfois tellement qu'il est difficile de distinguer les vénéneux des comestibles.

— Et ce « Vous êtes »... vous devez reconnaître qu'à sa façon de s'installer, à son ton... on ne peut pas s'y tromper, ce « Vous êtes » est d'une espèce vénéneuse.

— Ce « Vous êtes » a un tempérament de dictateur, de despote... Il s'empare de celui sur qui il a jeté son dévolu... un malheureux qui est à sa portée, il le terrasse, le ligote, l'enveloppe tout entier, l'enferme...

— C'est une détention à vie...

— Et une fois que « Vous êtes » le tient ainsi à sa merci, il en fera ce que bon lui semble...

— Voyez comme « Vous êtes » se dresse, se précipite...

— Il n'a pas pris le temps d'ouvrir la cloison, il l'a abattue d'un seul coup... Plus rien ne nous sépare, il est parmi nous, il va choisir parmi nous ce qu'il va assener... il cherche...

— Sur qui va-t-il s'arrêter ? il a l'air si exaspéré, si impatient...

— Mais n'ayez donc pas si peur, vous

autres là-bas... on dirait des moineaux effarouchés, serrés les uns contre les autres... Ce n'est pas vous qu'il prendra...

— On ne sait jamais... même les plus anodins... les plus agréables qui soient, dès qu'ils sont amenés par « Vous êtes » produisent quelquefois chez celui qu'il a capturé des soubresauts, des gigotements, il essaie de se libérer, il veut s'échapper...

— Rappelez-vous quand « Vous êtes » a pris « Intelligent »... on se sentait gêné...

— Un peu honteux... comme si devant nous on humiliait...

— Et alors quand « Vous êtes » s'est emparé d'« Intelligente »... « Vous êtes intelligente »...

— Oh, rien que d'y penser...

— Ils ont bien raison de se méfier... si gentils, si flatteurs qu'ils puissent être, ils pourraient au seul contact de « Vous êtes » provoquer...

— Il y a eu pourtant des exceptions... quand « Vous êtes » a pris « Belle »... « Vous êtes belle »...

— Eh bien, même là... on ne le croirait pas... « Belle » a provoqué des mouvements de retrait, une rougeur... Enfin, un « Vous êtes » de cette espèce-là manque rarement, quoi qu'il fasse, de produire un malaise...

— Mais cette fois, vous n'avez rien à craindre, ce n'est pas parmi vous que « Vous êtes » va chercher... il paraît de plus en plus furieux...

— Oui, on peut vraiment, quand « Vous êtes » a l'air qu'il a en ce moment, s'attendre à tout...

— Voyez comme il cherche parmi nous, il est comme une pince grande ouverte, ses branches écartées vont saisir, se refermer...

— C'est sur toi, « Imbécile », en te faisant précéder de « un »... « Un imbécile »...

— Non, il hésite, c'est plutôt toi qu'il va choisir... « Stupide »...

— Tu te recules, tu as peur...

— Même toi, d'ordinaire si sûr de toi, si hautain, toi, « Stupide », qui n'hésites pas à frapper même brutalement...

— Oui, mais jamais amené par « Vous êtes »... Amené par « C'est »... Et même « C'est stupide » n'est pas de tout repos, loin de là, vous le savez bien...

— Même « il » ou « elle » est stupide... est parfois risqué... Ce « il » ou « elle » peut être assez puissant pour avoir des gardes du corps... Ils peuvent se saisir de « Stupide », l'affubler d'un point d'interrogation ou d'exclamation... « Stupide ? Stupide ! », lever leurs matraques... les abattre... « Comment pouvez-vous ? » parfois même frapper très fort... « Comment osez-vous ? »

— « Osez-vous » qui ne laisse que le choix entre rester à terre, mordre la poussière... ou avec tout ce qu'il est possible de rassembler de forces se soulever, se redresser et héroïquement, narguer... « Eh bien oui, parfaitement, j'ose »... et se lancer dans un combat meurtrier...

— Mais il est bien rare qu'on en vienne là...

— Ils sont bien peu nombreux, ceux qui acceptent de se battre pour défendre leur croyance, ce qui est pour eux la vérité...

— D'ordinaire le point d'exclamation ou d'interrogation suffit pour que « Oh, après tout, je n'en sais rien » ramène le calme.

— Mais cette fois, il est probable que c'est toi, « Stupide », que dans sa fureur « Vous êtes » veut prendre... il hésite...

— Non, tu vois, « Vous êtes » ne te prend pas...

— Alors moi, qui suis tout près...

— Toi, « Borné »... « Vous êtes » tend vers toi sa pince grande ouverte... « Vous êtes » oscille devant toi, il balance...

— Et puis s'écarte... « Vous êtes » ne veut pas de toi.

— C’est plutôt vers vous, « Conventionnel », « Vieux jeu », « Ringard »... Cette fois il y a toutes les chances pour que ce soit l’un d’entre vous...

— Eh bien, on ne l’aurait jamais cru... Décidément, « Vous êtes » n’ose pas.

— Oui, regardez, on dirait que « Vous êtes » ne veut pas étouffer sa proie... Il la laisse respirer un peu, il desserre un peu ses liens...

— Sa détention à vie est commuée...

— Commuée ! mais comment ça ?

— C’est toi, « Illogique », qu’il a choisi...

— « Illogique » montre que ce n’est pas une réclusion à perpétuité...

— « Vous êtes illogique, vous négligez »... le pauvre captif peut voir s’ouvrir devant lui des terres sur lesquelles « Vous êtes » ne règne pas, des terres où règne la liberté...

— Alors « Partial »... « Inconséquent »... ne pourraient-ils pas faire aussi bien l’affaire... ils se proposent... mais c’est « Illogique » que « Vous êtes » choisit...

— « Vous êtes illogique », vous ne voulez pas convenir...

— Oui, oh oui, c’est clair, « Vous êtes » a relâché son prisonnier... il l’a laissé s’échapper vers des régions où il pourra s’ébattre à sa guise... aller dans telle ou telle direction, se tromper, errer... hors du pouvoir de « Vous êtes ».

— « Vous êtes » veut s'amender, c'est évident...

— Son accès de colère est passé...

— Il mérite qu'on l'aide... Toi, tu es tout indiqué... Oui, toi, « Extraordinaire », avance-toi, peut-être « Vous êtes » va-t-il t'accepter...

— « Extraordinaire » et le « Vous » qui te suit...

— Peut-être ne va-t-il pas les repousser... allons, vas-y... « Extraordinaire »...

— Et pourquoi pas moi ?

— Oui, c'est vrai, pourquoi pas « Bon » ?

— Ah, vous voyez, « Vous êtes » préfère « Bon » à « Extraordinaire »...

— « Vous êtes bon »... et maintenant, vite, accourez, vous tous que « Vous êtes bon » va entraîner derrière soi... « Vous oubliez que »... « Vous ne voulez pas tenir compte de »... « Vous omettez »... enfin peu importe qui...

— Ce qui importe, c'est que « Vous êtes » a renoncé à ses sinistres projets...

— « Vous êtes » s'est amendé...

— Qui aurait pu le penser quand « Vous êtes »... s'était rué, hors de ses gonds...

— Un « Vous êtes » prêt à tout, capable de tout... on pouvait s'attendre au pire...

— Qui le reconnaîtrait maintenant, tendant sa pince vers « Extraordinaire »... Hésitant entre « Extraordinaire » et « Bon »... Choisissant « Bon »... avec toute sa suite...

— Qui aurait jamais pu croire que ce « Vous êtes », de la vraie graine d'assassin, deviendrait tel qu'on le voit maintenant...

— Ah oui, on peut dire qu'on revient de loin...

XII

— Ça continue toujours, ces drôles de petits bruits...

— On dirait des bruits de giclures...

— De giclures ?

— C'est le bruit que font des mots qui s'écrasent contre quelque chose de dur, et leur contenu...

— Quel contenu ? C'est des mots tout plats... complètement vides... regardez-les défiler... « Thé »... « Café »... « Saccharine »... « Sucre »... « Trains »... « Aéroport »... « Attente »... « Trajet »... Et c'est eux qui en s'écrasant font gicler...

— Eux justement, ces mots... je les reconnais... C'étaient des minces coques qui semblaient vides, mais elles étaient emplies d'une substance...

— Étaient ? Où donc ?

— Attendez, laissez-moi chercher... Je vais le retrouver... Voilà, ça me revient... C'étaient des mots qui se trouvaient dans un vieux film d'autrefois... des mots tout pareils à ceux-là étaient échangés entre deux personnes qui se voyaient pour la première fois... à une table de café... dans une gare...

— Ah oui, je m'en souviens... « Trains »... « Grenadine »... « Café »...

— Des mots tout plats et vides en apparence... mais ce qui les emplissait...

— C'était indicible... Innommable...

— Ils se rejoignaient... Leurs contenus se fondaient et réunis ainsi ils montaient, ils s'élevaient toujours plus haut...

— Un vol nuptial...

— C'est ça...

— Et voilà que les mots de ce film sont revenus... des minces coques vides en apparence, mais remplies de cette même substance... Seulement au lieu d'aller se fondre avec des mots semblables à eux, les pauvres vont s'écraser contre quelque chose de dur, d'épais, d'étanche... une paroi, un mur... ils éclatent et ce qu'ils contenaient produit ce petit bruit de giclure...

— Oh, qu'est-ce que c'est ?

— Mais oui, c'est à ne pas croire, c'est « Je vous aime »... c'est bien lui...

— Son bon vieux cœur s'est ému, il veut aller de l'autre côté, au secours de ces mots qui courent à leur perte...

— Lui, « Je vous aime », ce pauvre vieux à la retraite depuis si longtemps, il veut reprendre du service...

— « Je vous aime » qui ne se produisait plus que porté, soutenu par les voix d'acteurs bien entraînés dans des pièces du répertoire... Il veut maintenant tout seul, sans aucun soutien...

— C'est touchant, c'est pitoyable de voir comme il s'efforce de redresser ses vieux membres perclus, il s'avance péniblement sur ses jambes torses... vous entendez sa voix chevrotante... « Je vous aime », oui, c'est moi, je veux entrer... Ouvrez...

— Il arrache ses habits de théâtre, il exhibe son corps sénile...

— Avec ce « vous » qui le rend grotesque...

— Qu'on lui mette un « tu », et comme ça le rajeunirait... il serait tout à fait présentable...

— Ah, « Je t'aime »... comme c'est gentil à toi, comme c'est généreux de ta part, toi, si plein de vigueur, d'allant, si occupé... requis à chaque instant partout... qui te dépenses sans compter... toi, te proposer pour remplacer ce vieillard décati, « Je vous aime »... Mais tu sais bien que tu ne pourrais en rien aider... Tu te vois, « Je t'aime » faisant irruption tout d'un coup parmi « Orangeade », « Café », « Saccharine » et « Sucre », « Avions » et « Trains »... fonçant dans les vides entre ces mots envoyés de si loin...

— C'est moi, « Je t'aime », vous voyez comme je les saisis, je les écrase, je les réduis en bouillie, et je donne dans l'épaisse paroi un énorme coup qui va l'ébranler, elle va se mettre à osciller, à vaciller...

— Mais tu ne le ferais jamais, tu as trop peur de n'arriver à rien qu'à te rendre ridicule...

— Tu ne te proposais pas pour de bon, c'était pour rire, n'est-ce pas ?

— Décidément, il n'y a rien à faire... les pauvres font pitié... en voici un qui s'élance... et pan ! vous entendez ce petit bruit qu'il fait ?

— Et puis un autre... et encore un...

— C'est vraiment lamentable... C'est pénible de l'entendre...

— Mais ça ne peut pas durer longtemps...

— Encore quelques giclures, quelques coques écrasées, et ils se décourageront...

— Ils se feront remplacer par d'autres mots... des mots de tout repos, tout d'une pièce, entièrement pleins d'une substance homogène, compacte...

— Quels mots ?

— Il n'y a que l'embarras du choix... Il y en a de l'autre côté d'énormes réserves... Seulement ils ne voulaient pas servir... ils laissaient la place aux autres qui espéraient toujours, s'efforçaient...

— Mais vous voyez, ils s'écartent, ils se dissimulent, et des mots solides, convenablement bâtis viennent rencontrer des mots semblables à eux...

— Des mots dont on peut dire vraiment que ce sont des mots « bien »...

— Tout ce qu'il y a de plus fréquentable...

XIII

— C'est « Ah, que voulez-vous... » qui les a mis dans cet état ?

— « Ah, que voulez-vous... » ce n'est pas possible...

— Eh si... Vous les voyez ? Ils sont tout recroquevillés, tout frémissants...

— « Ah que voulez-vous... » qui d'ordinaire se promène partout sans qu'on le remarque...

— « Ah, que voulez-vous... » quoi de plus anodin, de plus familier...

— « Ah que voulez-vous... » qui va et vient partout sans rime ni raison, sans aucun but précis, ballotté de-ci de-là, on ne sait pourquoi... à peine un souffle...

— « Ah que voulez-vous... » qui peut tout au plus sembler être un léger soupir poussé machinalement de temps à autre...

— Que ce « Ah que voulez-vous... » si léger ait pu produire pareils remous... Il a dû se passer quelque chose avant... Qu'est-ce que c'était ? Qui l'a remarqué ?

— Oh rien de bien intéressant... C'était du genre : « J'ai oublié mon numéro de code, mes clefs »...

— Oui, mais rappelez-vous, un « encore » avait précédé... « oublié »... J'ai « encore oublié »...

— C'est cet « encore » qui a pu permettre à « Ah que voulez-vous... » d'entrer...

— « Encore ? » Mais c'était un « encore » dont le ton ne pouvait révéler que l'agacement, chez ceux qui avaient encore oublié leur numéro de code, leurs clefs, devant leur propre distraction, leur étourderie...

— C'est pour cela que l'arrivée à ce moment de « Ah, que voulez-vous... » les a surpris, inquiétés...

— Ils ont cru déceler dans ce « Ah que voulez-vous... » ce ton qu'il peut avoir quand il lui arrive de visiter des pauvres vieux devenus amnésiques... Un « Ah, que voulez-vous... » qui prêche la résignation...

— À eux ! qui se sentaient toujours si jeunes, fringants... Il y aurait donc en eux quelque chose qu'ils ne sentent pas, quelque chose se dégage d'eux, dont ils ne peuvent pas se rendre compte et qui, à la simple mention de clefs « encore » perdues, de numéros de code « encore » oubliés a attiré, appelé un « Ah, que voulez-vous... » plein de compassion...

— Sans « Encore », jamais ce charitable « Ah, que voulez-vous... » ne serait arrivé... « Ah, que voulez-vous, telle est notre misérable condition, on vieillit, notre attention s'émousse, notre mémoire faiblit... Ah, que voulez-vous... qu'y peut-on »...

— Faut-il qu'ils soient persécutés, vraiment un peu fous...

— On peut même se demander si ce « Ah, que voulez-vous... » à force de se promener partout n'est pas passé par le plus pur des hasards tout à côté d'« Encore oublié mon numéro de code, encore perdu mes clefs »... s'il ne les a pas touchés tout à fait par mégarde...

— Il faut leur prouver à quel point ils sont injustes... combien « Ah, que voulez-vous... » etait innocent...

— Il y a ici tout ce qui pourrait les convaincre... Allons, appelons, qu'ils ouvrent...

— Vous voyez avec quelle lenteur, quelle mauvaise volonté ils se traînent...

— Ce « Ah, que voulez-vous... » les a affaiblis, ils sont épuisés... Allons, dépêchons-nous de les revigorer... Vous, oui, vous, venez...

Vous : « Ce sont des choses qui arrivent... » c'est vous qu'il nous faut...

— Et maintenant ils pourront constater avec quel empressement « Ce sont des choses qui arrivent... » est accueilli... Avec quelle bonne grâce « Ah, que voulez-vous... » laisse « Ce sont des choses qui arrivent » venir se placer à ses côtés.

— « Ah, que voulez-vous, ce sont des choses qui arrivent... » quel groupe charmant ils forment... la bonté, la bienveillance, la plus pure innocence rayonnent d'eux.

XIV

— « Il Me fait une pneumonie... » Vous avez entendu ?

— Comment ne pas l'entendre ? C'est très frappant... « Il Me fait une pneumonie... »

— Oui, Me, Me... c'est à ne pas croire... Mais comment un Me pareil a-t-il pu être laissé de l'autre côté ?

— Que voulez-vous, tant de Me doivent rester là-bas... il en faut tant pour toutes les occasions possibles... Comment faire le tri entre eux...

— D'ailleurs ce sont en général des bons Me très compétents, bien entraînés.

— Des Me qui savent très bien où il faut qu'ils se placent...

— Il a fallu que ce Me-là... Oui, il s'est mêlé à eux, il est passé inaperçu... Et maintenant vous le voyez ?

— Quelle audace ! il ne se tient plus, rien

ne l'arrête... « Il Me fait une pneumonie »...

— Où a-t-il osé aller se fourrer ?

— Entre ce « Il » et ce « fait »... vraiment, il ne manque pas de toupet...

— « Il Me fait »... voyez-vous ça...

— Un Me volage qui a quitté son Je...

— Et quel couple parfait ils formaient, ce Je et ce Me...

— Il n'y en a pas de plus légitime, de plus respectable...

— Un couple modèle indissolublement uni, comme il doit l'être, pour le meilleur et pour le pire...

— Je me souviens, Je me contente... Je me réjouis...

— Mais aussi bien Je me détruis. Je me tue...

— Comment ne pas admirer une si parfaite union...

— Et ne voilà-t-il pas que Me abandonne son fidèle Je et va avec ce Il...

— Pour vivre à ses crochets...

— Et ce qui rend sa conduite encore plus stupéfiante, c'est que Me possède des richesses sans nombre... Qui ne sait que le monde entier, l'espace, le temps, s'offrent à son choix...

— Vraiment à ne pas savoir où donner de la tête...

— Eh bien, ce Me si comblé est d'une telle cupidité qu'il lui faut encore aller s'emparer de ce qui ne lui appartient pas...

— De si peu de chose vraiment... de ce qui appartient à Il sans aucune contestation possible...

— À s'introduire chez Il pour le dépouiller, le voler...

— Regardez, c'est à ne pas croire... « Il » fait une pneumonie... Une pneumonie qui ne peut être qu'à lui...

— Évidemment, à qui peut-elle être d'autre ?

— Eh bien, Me se l'approprie...

— Me en veut une partie...

— Une partie ? Me la veut tout entière... « Il » n'est plus le légitime propriétaire de sa pneumonie.

— Me a fait de Il son serviteur... C'est pour Me qu'il travaille.

— Sa pneumonie à lui ne peut plus s'appeler sa pneumonie... c'est la pneumonie de Me...

— Avouez que c'est assez cocasse...

— Mais ne peut-on pas trouver à cette conduite de Me des circonstances atténuantes ? Ce Me n'était-il pas un médecin qui a consacré tant de soins à un malade, s'est fait pour sa pneumonie tant de soucis...

— Qu'il lui semble qu'elle est à lui ?

— Cela lui semble, à ce Me, parce qu'il fait du Il le simple occupant anonyme d'un des lits de l'hôpital...

— Pourquoi pas juste un numéro ? pour pouvoir se permettre de s'emparer ainsi de sa pneumonie...

— Et si Me était le plus tendre des pères ou des mères... on serait tenté de l'excuser...

— Mais on aurait bien tort...

— Pourtant cette pneumonie le fait autant souffrir que si c'était sa pneumonie...

— Non, n'essayez pas de nous attendrir. Ce Me prouve que jamais ces tendres parents ne peuvent s'oublier un seul instant, même en pareil cas... Me, sans aucun doute possible, le prouve...

— Me qui vient s'interposer entre Il et fait... Me qui veut à toute force s'imposer... Me qui ne peut jamais s'écarter modestement, s'effacer...

— S'il avait pour Il un peu d'égards...

— Pour ce Il qui en toute légitimité, en toute indépendance et dignité fait sa pneumonie...

— Mais ce Me est sans scrupules. C'est un usurpateur... Ce Me est un véritable bandit...

— Ce spectacle est révoltant. Il faut absolument faire quelque chose...

— Ce serait si facile... Nous sommes là tout prêts à aller à son secours... une équipe de sauveteurs en parfait état de marche...

— On pourrait tout remettre en ordre en un instant...

— Le Il rétabli dans ses droits. Le Me remis à sa place...

— On entrera discrètement, délicatement, précédés d'un simple Oui... Oui, il fait une pneumonie... et cela me désole... me fait mal...

— Que peut-on trouver à y redire ? Allons, laissez-nous entrer... Ouvrez...

— Mais Me ne veut pas la lâcher, cette pneumonie. Me s'en est emparé. Elle est à lui. Me ne la rendra à aucun prix... Me la tient... un chien qui enfonce en elle ses crocs...

— Vous entendez ses grognements ?

— Que pouvez-vous espérer... quel miracle il faudrait pour que Me se métamorphose, lâche sa proie et vous ouvre.

XV

Tac au Tac. Tac au Tac. Tac au Tac...

— Mais secouez-vous un peu, vous n'entendez donc pas le signal d'alarme...

Tac au Tac. Tac au Tac. Tac au Tac...

— Un Tac est entré de l'autre côté et ils ne trouvent aucun Tac pour lui répondre... alors ils s'affolent, Tac au Tac. Tac au Tac... ce sont des appels de détresse qu'ils nous lancent...

— Vite, il n'y a pas une seconde à perdre...

— Ces Tac, vous les connaissez... si aucun Tac égal à lui ne vient immédiatement l'en empêcher... quelques instants lui suffisent... et le Tac va s'enfoncer...

— Creuser des galeries... Dieu sait jusqu'où... Plus moyen de le rattraper...

— Tac au Tac. Tac au Tac. Tac au Tac... mais bon sang, dépêchons-nous...

— Mais on fait tout ce qu'on peut...

— On est plutôt touchants de bonne volonté... tous ces Tac qui accourent, qui se proposent...

— Toi, un Tac ? mais tu plaisantes, tu as oublié que tu dois ressembler en tout point au Tac qui est entré... ce n'est pas pour rien qu'ils portent le même nom.

Tac au Tac. Tac au Tac. Tac au Tac...

— Toi, tu veux te mesurer à ce Tac très calme, très digne et sûr de soi... Et tu es tout agité, pantelant, tout moite d'émotion... tu as l'air si atteint, froissé, tu passerais pour un hypersensible, un grand nerveux... un persécuté...

— Et toi ? Mais tu es si gros, si lourd, trop fort... tu vas t'abattre sur le Tac, le bousculer, le brutaliser... Non, pas toi, c'est impossible...

— Tac au Tac, Tac au Tac. Tac au Tac... c'est de plus en plus fort... insistant...

— Ça devient lancinant... et le temps passe... bientôt il sera trop tard...

— Alors ? Rien ? Aucun Tac présentable ?

— Il faut donc renoncer...

— Vous entendez ? Tac au Tac. Tac au Tac. Tac au Tac... devient déjà moins fort, les Tac sont de plus en plus espacés...

— Le temps passe... un temps si bref... sans qu'aucun Tac ne se présente...

— Comme toujours...

— Oh n'exagérons pas, il y a eu des cas...

— Si peu nombreux... de véritables miracles... quand brusquement un Tac tout pareil à l'autre a surgi comme par enchantement...

— Oui, quelques cas si rares qu'ils ne valent pas la peine qu'on les mentionne...

— Des exceptions qui confirment...

— Dire qu'il y a des terres bénies où dès qu'un Tac est venu un Tac identique surgit...

— Ah, c'est que là-bas il y a toujours tout un tas de Tac en réserve... un vaste stock de munitions de toute sorte où il n'y a qu'à puiser... on n'est jamais pris de court...

— On trouve aussitôt un Tac de même calibre, de même puissance, tout prêt à fonctionner...

— Tandis qu'ici...

— On est d'abord abasourdi, tout éberlué...

— On reste quelques instants sous le choc alors qu'il n'y a pas une seconde à perdre...

— Et puis, on commence à chercher, mais comment si vite trouver...

— Et déjà le Tac s'enfonce, se met à creuser...

— Et le temps si bref est passé...

— C'est alors que ceux qui sont réunis sous le nom « Esprit de l'Escalier » se mettent au travail.

— Des chercheurs infatigables... ils travaillent même la nuit...

— Ils méritent d'être désignés par un sigle...

— Mais ils en ont un : EDE.

— Les EDE se mettent à fabriquer un Tac...

— Et on peut leur faire confiance, leur Tac sera parfait...

— Forcément, ils prennent leur temps, ils disposent de toutes leurs forces...

— Mais voilà, quand les EDE ont terminé leur travail... que leur Tac est une perfection... ils voudraient bien le réintroduire...

— On peut les comprendre... ils se sont tant efforcés...

— Seulement il n'y en a plus... plus de Tac...

— Évidemment... il n'est pas resté là à attendre...

— Il s'est enfoncé et Dieu sait où il chemine maintenant... dans ces galeries souterraines qu'il creuse en tous sens... parfois très loin...

— Il a peut-être même fini par disparaître... En tout cas aucune trace n'en reste...

— Alors ils s'efforcent de le ressusciter...

— Mais ils ne peuvent qu'évoquer une ombre... le fantôme du Tac disparu...

— Un Tac qui a un aspect étrange, incongru... Que vient-il faire là tout d'un coup ?...

— C'est triste de constater que les EDE ont fait tout ce travail en pure perte...

— Pas même une trace n'est restée de l'endroit où le Tac s'était enfoncé.

— Un épais gazon bien soigné le recouvre.

DU MÊME AUTEUR

Aux Éditions Gallimard

MARTEREAU, *roman* (Folio).

PORTRAIT D'UN INCONNU, *roman*. Première édition : Robert Marin, 1948. (Folio).

L'ÈRE DU SOUPÇON, *essai* (Folio Essais).

LE PLANÉTARIUM, *roman* (Folio).

LES FRUITS D'OR, *roman*. Prix international de littérature. (Folio).

LE SILENCE, LE MENSONGE, *pièces*.

ENTRE LA VIE ET LA MORT, *roman* (Folio).

ISMA, *pièce*.

VOUS LES ENTENDEZ ?, *roman* (Folio).

« DISENT LES IMBÉCILES », *roman* (Folio).

THÉÂTRE :

Pour un oui ou pour un nom — Elle est là — C'est beau — Isma — Le Mensonge — Le Silence.

L'USAGE DE LA PAROLE (Folio).

POUR UN OUI OU POUR NON.

ENFANCE (Folio et Folio Plus).

PAUL VALÉRY ET L'ENFANT D'ÉLÉPHANT — FLAUBERT LE PRÉCURSEUR.

TU NE T'AIMES PAS, *roman* (Folio).

ICI.

LE SILENCE (Folio Théâtre).

OUVREZ.

Aux Éditions de Minuit

TROPISMES (1957). Première édition : Denoël, 1939.

COLLECTION FOLIO

Dernières parutions

3738. Pascale Kramer	*Les Vivants.*
3739. Jacques Lacarrière	*Au cœur des mythologies.*
3740. Camille Laurens	*Dans ces bras-là.*
3741. Camille Laurens	*Index.*
3742. Hugo Marsan	*Place du Bonheur.*
3743. Joseph Conrad	*Jeunesse.*
3744. Nathalie Rheims	*Lettre d'une amoureuse morte.*
3745. Bernard Schlink	*Amours en fuite.*
3746. Lao She	*La cage entrebâillée.*
3747. Philippe Sollers	*La Divine Comédie.*
3748. François Nourissier	*Le musée de l'Homme.*
3749. Norman Spinrad	*Les miroirs de l'esprit.*
3750. Collodi	*Les Aventures de Pinocchio.*
3751. Joanne Harris	*Vin de bohème.*
3752. Kenzaburô Ôé	*Gibier d'élevage.*
3753. Rudyard Kipling	*La marque de la Bête.*
3754. Michel Déon	*Une affiche bleue et blanche.*
3755. Hervé Guibert	*La chair fraîche.*
3756. Philippe Sollers	*Liberté du* XVIIIème.
3757. Guillaume Apollinaire	*Les Exploits d'un jeune don Juan.*
3758. William Faulkner	*Une rose pour Emily* et autres nouvelles.
3759. Romain Gary	*Une page d'histoire.*
3760. Mario Vargas Llosa	*Les chiots.*
3761. Philippe Delerm	*Le Portique.*
3762. Anita Desai	*Le jeûne et le festin.*
3763. Gilles Leroy	*Soleil noir.*
3764. Antonia Logue	*Double cœur.*
3765. Yukio Mishima	*La musique.*
3766. Patrick Modiano	*La Petite Bijou.*
3767. Pascal Quignard	*La leçon de musique.*
3768. Jean-Marie Rouart	*Une jeunesse à l'ombre de la lumière.*

3769.	Jean Rouaud	*La désincarnation.*
3770.	Anne Wiazemsky	*Aux quatre coins du monde.*
3771.	Lajos Zilahy	*Le siècle écarlate. Les Dukay (tome III).*
3772.	Patrick McGrath	*Spider.*
3773.	Henry James	*Le Banc de la désolation.*
3774.	Katherine Mansfield	*La Garden-Party* et autres nouvelles.
3775.	Denis Diderot	*Supplément au Voyage de Bougainville.*
3776.	Pierre Hebey	*Les passions modérées.*
3777.	Ian McEwan	*L'Innocent.*
3778.	Thomas Sanchez	*Le Jour des Abeilles.*
3779.	Federico Zeri	*J'avoue m'être trompé. Fragments d'une autobiographie.*
3780.	François Nourissier	*Bratislava.*
3781.	François Nourissier	*Roman volé.*
3782.	Simone de Saint-Exupéry	*Cinq enfants dans un parc.*
3783.	Richard Wright	*Une faim d'égalité.*
3784.	Philippe Claudel	*J'abandonne.*
3785.	Collectif	«*Leurs yeux se rencontrèrent...*». *Les plus belles premières rencontres de la littérature.*
3786.	Serge Brussolo	*Trajets et itinéraires de l'oubli.*
3787.	James M. Cain	*Faux en écritures.*
3788.	Albert Camus	*Jonas ou l'artiste au travail* suivi de *La pierre qui pousse.*
3789.	Witold Gombrovicz	*Le festin chez la comtesse Fritouille* et autres nouvelles.
3790.	Ernest Hemingway	*L'étrange contrée.*
3791.	E. T. A Hoffmann	*Le Vase d'or.*
3792.	J. M. G. Le Clézio	*Peuple du ciel* suivi de *Les bergers.*
3793.	Michel de Montaigne	*De la vanité.*
3794	Luigi Pirandello	*Première nuit et autres nouvelles.*
3795.	Laure Adler	*À ce soir.*
3796.	Martin Amis	*Réussir.*
3797.	Martin Amis	*Poupées crevées.*
3798.	Pierre Autin-Grenier	*Je ne suis pas un héros.*

3799. Marie Darrieussecq — *Bref séjour chez les vivants.*
3800. Benoît Duteurtre — *Tout doit disparaître.*
3801. Carl Friedman — *Mon père couleur de nuit.*
3802. Witold Gombrowicz — *Souvenirs de Pologne.*
3803. Michel Mohrt — *Les Nomades.*
3804. Louis Nucéra — *Les Contes du Lapin Agile.*
3805. Shan Sa — *La joueuse de go.*
3806. Philippe Sollers — *Éloge de l'infini.*
3807. Paule Constant — *Un monde à l'usage des Demoiselles.*
3808. Honoré de Balzac — *Un début dans la vie.*
3809. Christian Bobin — *Ressusciter.*
3810. Christian Bobin — *La lumière du monde.*
3811. Pierre Bordage — *L'Évangile du Serpent.*
3812. Raphaël Confiant — *Brin d'amour.*
3813. Guy Goffette — *Un été autour du cou.*
3814. Mary Gordon — *La petite mort.*
3815. Angela Huth — *Folle passion.*
3816. Régis Jauffret — *Promenade.*
3817. Jean d'Ormesson — *Voyez comme on danse.*
3818. Marina Picasso — *Grand-père.*
3819. Alix de Saint-André — *Papa est au Panthéon.*
3820. Urs Widmer — *L'homme que ma mère a aimé.*
3821. George Eliot — *Le Moulin sur la Floss.*
3822. Jérôme Garcin — *Perspectives cavalières.*
3823. Frédéric Beigbeder — *Dernier inventaire avant liquidation.*
3824. Hector Bianciotti — *Une passion en toutes Lettres.*
3825. Maxim Biller — *24 heures dans la vie de Mordechaï Wind.*
3826. Philippe Delerm — *La cinquième saison.*
3827. Hervé Guibert — *Le mausolée des amants.*
3828. Jhumpa Lahiri — *L'interprète des maladies.*
3829. Albert Memmi — *Portrait d'un Juif.*
3830. Arto Paasilinna — *La douce empoisonneuse.*
3831. Pierre Pelot — *Ceux qui parlent au bord de la pierre (Sous le vent du monde, V).*
3832. W.G Sebald — *Les Émigrants.*
3833. W.G Sebald — *Les Anneaux de Saturne.*
3834. Junichirô Tanizaki — *La clef.*